Enamorada de un príncipe

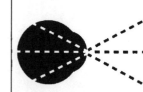

Enamorada de un príncipe

Nicole Burnham

Thorndike Press • Waterville, Maine

Published in 2006 by arrangement with Harlequin Books S.A.
Publicado en 2006 en cooperación con Harlequin Books S.A.

Thorndike Press® Large Print Spanish.
Thorndike Press® La Impresión grande española.

The tree indicium is a trademark of Thorndike Press.
El símbolo del árbol es una marca registrada de Thorndike Press.

The text of this Large Print edition is unabridged.
El texto de ésta edición de La Impresión Grande está inabreviado.

Other aspects of the book may vary from the original edition.
Otros aspectros de éste libro podrían variar de la edición original.

Set in 16 pt. Plantin.
Impreso en 16 pt. Plantin.

Printed in the United States on permanent paper.
Impreso en los Estados Unidos en papel permanente.

Library of Congress Cataloging-in-Publication Data

Burnham, Nicole.
    [Falling for Prince Federico. Spanish]
    Enamorada de un príncipe / by Nicole Burnham.
        p. cm. — (Thorndike Press la impresión grande española = Thorndike Press large print Spanish)
    ISBN 0-7862-8475-7 (lg. print : hc : alk. paper)
    1. Large type books.   I. Title.   II. Thorndike Press large print Spanish series.
PS3602.U7638F35 2006
  813'.6—dc22   2005036577

Enamorada de un príncipe

Capítulo uno

NUNCA voy a poder distinguir entre una placenta previa y una *accreta* —masculló Pia Renati, mientras hojeaba una revista de consejos prenatales sentada en un banco del aeropuerto internacional de San Rimini.

¿Por qué la habría llamado su amiga Jennifer Allen, princesa Jennifer di Talora, para pedirle que le hiciera compañía durante su forzado reposo?

Sus amigas siempre acudían a ella en momentos de crisis y Jennifer, su antigua jefa en el campo de refugiados dos años atrás, lo sabía bien. Pia era capaz de hacer cualquier cosa como cooperante, transportar heridos de guerra o instalar campamentos de refugiados. Era una trabajadora incansable. Pero la idea de cuidar a una mujer, embarazada del heredero de la corona de San Rimini, le infundía un enorme respeto.

Ni siquiera tenía la experiencia de una infancia normal pues su madre, Sabrina Renati, había estado siempre demasiado ocupada como para cuidar de ella.

Todo lo que Pia sabía sobre embarazos

acababa de aprenderlo en la revista que tenía en las manos.

—¿Señorita Renati?

La voz de barítono pronunciando su nombre la sobresaltó. Cuando alzó los ojos se dio cuenta de que se había hecho un silencio a su alrededor y que muchos otros pares de ojos miraban en su dirección.

Sin tan siquiera volverse, adivinó a quién pertenecía la voz profunda y aterciopelada que la había llamado. Se trataba del hombre más deseado de la alta sociedad: el recién enviudado príncipe Federico Constantin di Talora, el hombre al que los tabloides se referían como el Príncipe Perfecto, tanto por su aspecto físico como por su sentido de la responsabilidad y devoción a la corona.

Pia forzó una sonrisa. Había confiado en que le mandaran a alguien del servicio del palacio que no la intimidara y con quien comentar las novedades del país, pues hacía tiempo que no iba a su tierra natal. En lugar de eso, el hombre que tenía ante sí, tan elegante y atractivo como una estrella de cine, la hizo sentirse fuera de lugar.

—Príncipe Federico. Buenos días. *¿Come sta?*

¿Por qué no le habría dicho Jennifer que su cuñado iría a recogerla? Se habían conocido hacía año y medio, en la boda de Jennifer con Antonio, el príncipe heredero. Pia se había sentido tan apabullada ante aquel hombre de piel cetrina y ojos azules, que se había limitado a saludarlo brevemente antes de volver junto a sus compañeros del campo de refugiados de Haffali.

El príncipe y su difunta esposa, la princesa Lucrezia, hacían una pareja perfecta. La princesa era todo lo contrario a ella, parecía una modelo, alta, delgada y poseía una elegancia natural que la elevaba por encima de las mujeres que la rodeaban.

Y en cuanto a Federico… Su aspecto era tan imponente que había dejado a Pia sin aliento.

Pia asió la revista con fuerza y se amonestó por no haber cuidado un poco más su aspecto en lugar de ponerse unos pantalones holgados, una camiseta de algodón y sandalias deportivas.

El príncipe hizo un leve gesto con la mano derecha y un hombre que se hallaba a pocos pasos se apresuró a tomar la bolsa de mano que Pia tenía a sus pies.

—Muy bien, gracias, señorita Renati —dijo el príncipe—. He ordenado que envíen sus maletas directamente al palacio. La princesa Jennifer está ansiosa por verla. Acompáñeme. El coche nos espera —señaló hacia la derecha y a través de la cristalera Pia vio una limusina aparcada al pie del avión del que acababa de bajarse.

La gente se echó a un lado para dejarlos pasar y en cuanto cruzaron la puerta, se reinició el murmullo. Con toda seguridad, se dijo Pia, se preguntaban si aquél era verdaderamente el famoso príncipe y quién sería la mujer que lo acompañaba.

—¿Señorita Renati?

Pia miró a Federico y vio que le tendía la mano para ayudarla a subir al coche. Ella rezó para que no notara lo nerviosa que se sentía ni la profunda impresión que le provocó la firmeza y suavidad de su mano.

Una vez se sentaron en los confortables asientos de cuero, el príncipe le hizo algunas preguntas de cortesía sobre su última visita al país y sobre su preferencia por los nombres que Jennifer y Antonio barajaban para el bebé, cuyo sexo habían preferido no conocer. Pero la conversación pronto languideció. Y a medida que se alargó el silencio, el nerviosismo de Pia se acrecentó, pues temía no haberse mostrado lo bastante receptiva al esfuerzo del príncipe por entablar conversación.

El camino a palacio los condujo por las principales calles de la ciudad. Pronto comenzarían a ascender la sinuosa carretera que llevaba hasta el edificio desde el que se divisaban las callejuelas del centro de la ciudad, así como los casinos, las tiendas de lujo y las mansiones del pequeño principado. Pia sonrió para sí al ver lo poco que había cambiado todo. En los momentos más difíciles de los últimos años en los Balcanes o en campamentos médicos en la devastada África, solía soñar con los bellos paisajes de la costa de San Rimini. Aunque se había marchado de allí a los diecinueve años para ir a vivir a Estados Unidos, seguía considerándolo su hogar.

Y hubiera sido completamente feliz de no haber tenido delante al Príncipe Perfecto y su inquietante silencio. Hizo acopio de valor y buscó un tema de conversación.

—Me cuesta creer que Jennifer y Antonio vayan a ser padres —comentó.

El príncipe carraspeó y Pia creyó por un momento haber dicho algo inconveniente. Cuando finalmente habló, la solemnidad de su tono no contribuyó a tranquilizarla.

—Son muy felices, señorita Renati.

Pia hubiera querido que se la tragara la tierra pero al mismo tiempo se dijo que el príncipe no podía ser ni tan distante ni tan amenazador como lo percibía. Además, Jennifer siempre lo describía como un hombre dulce y considerado que adoraba a sus dos hijos.

Tal vez, se dijo Pia, la muerte de su esposa lo había cambiado, y era posible que las mujeres solteras despertaran su suspicacia si normalmente lo trataban como a un buen partido antes que como a un hombre. También ella sería distinta, reflexionó, si hubiera perdido a su joven pareja tras una grave enfermedad y se encontrara viuda y con dos hijos.

—¡Estoy segura de que son felices, alteza! —dijo, al tiempo que se retiraba un mechón de cabello rubio de la cara—. Lo que quería decir es que me cuesta imaginar que Jennifer se convierta en madre. Sabrá que los dos años que trabajamos juntas en el campo de refugiados la vi excavar letrinas, limpiar suelos y trepar montañas cargada de botellas de agua. Es una mujer fuerte que sabe cuidar a aquéllos que la rodean. Pero eso no la hace una experta en ositos de peluche y triciclos.

Federico se alisó la pechera de la camisa y asintió.

—Comprendo. En ese caso, me alegro de que haya recurrido a una amiga que sí tiene instinto maternal para que la acompañe durante las últimas semanas de su embarazado. No quiero que se sienta sola.

Pia no había querido decir eso, pero no se molestó en corregirlo. De hecho, dado que no había tenido una infancia particularmente feliz, no sentía el menor deseo de convertirse en madre.

—No creo que se sienta sola. Supongo que en el palacio siempre hay gente. Y usted está allí —Pia sabía que Federico era el que menos viajaba de sus hermanos para poder estar junto a sus hijos—. Estoy segura de que es un gran ejemplo para ella.

—Aun así, tengo la convicción de que la princesa Jennifer prefiere la compañía de una mujer. Además, se sentirá más tranquila si sabe que cuenta con una amiga para acompañarla en el parto en caso de que éste se produjera antes de que Antonio retorne.

Pia prefirió no pensar en esa circunstancia. Y de la misma forma, intentó ignorar la corriente de calor que le recorrió el cuerpo al sentir el roce de la rodilla del príncipe contra la suya.

—Me sorprende que no haya insistido en que su hermano se quedara junto a su esposa —dijo, concentrándose en sus palabras para olvidar sus sensaciones.

Federico frunció el ceño.

—Estoy seguro de que la princesa le habrá contado que aquéllos que ocupan puestos de poder a menudo tienen que hacer sacrificios. Nos debemos a nuestros súbditos. Ellos están por encima de nuestros deseos personales. Todo el que vive en palacio aprende a cumplir con su deber. Y por encima de cualquier otro, está el de mantener la más estricta discreción respecto a los asuntos personales de la familia real.

Así que eso era lo que verdaderamente preocupaba al príncipe. Jennifer había mencionada en numerosas ocasiones durante sus conversaciones telefónicas que la prensa no sabía nada de su forzado reposo. El príncipe Antonio estaba en Israel, actuando de mediador en una reunión internacional para alcanzar un acuerdo de paz en Oriente Medio. Jennifer no quería que la gente pensara mal de él por no estar a su lado en un momento delicado, y menos aún, que los delegados de la reunión temieran que el príncipe tuviera que abandonarla precipitadamente. Por más que el príncipe heredero quisiera pasar las últimas semanas del embarazo de su mujer junto a ella, tanto él como Jennifer sabían que el futuro de millones de personas podía depender de su apaciguadora presencia en las conversaciones.

Era evidente que Federico temía que Pia no fuera lo bastante discreta. Pero no tenía nada que temer. Si alguien sabía valorar la importancia de una reunión que podía salvar cientos de vidas era ella. No en vano había dedicado una gran parte de sus treinta y dos años a paliar las devastadoras consecuencias de las guerras. Aun así, le costaba creer que fuera posible cuidar de una familia y tratar de salvar al mundo a un mismo tiempo. Y aunque no había compartido sus recelos con Jennifer, Pia se preguntaba cómo podría la pareja compaginar su vida pública como representantes de la corona y su vida privada de nuevos padres.

Cruzaron la verja del palacio y avanzaron hacia el edificio lentamente. Pia se inclinó hacia delante para contemplar la rosaleda y el jardín tras el que se divisaba la espectacular fachada del palacio. La suave brisa del Adriático llevó hasta ellos la risa de unos niños jugando en la tarde estival y Pia se preguntó si serían los hijos de Federico.

Se apoyó en el respaldo para contener su curiosidad y no buscarlos con la mirada.

—Alteza, conozco muy bien la importancia de la discreción —comentó—. No tiene de qué preocuparse. Pero conteste una pregunta: si usted fuera Antonio, ¿permanecería en las negociaciones o volvería a casa junto a su familia?

Federico miró por la ventana antes de contestar.

—Yo no me encuentro en la situación de Antonio. Él es el príncipe heredero y algún día gobernará el país. Sus obligaciones y las mías son distintas.

—¿Pero qué haría usted?

—Lo mismo que Antonio. Es lo que exige el bien común —Federico se irguió y su rodilla dejó de rozar la de Pia—. Señorita Renati, en este momento los representantes de ambas delegaciones respetan por igual la labor que ha llevado a cabo mi hermano. No es frecuente que se llegue a tal grado de concordia y podría tener importantes consecuencias que beneficiarían a todos los implicados, incluido San Rimini. Jennifer lo comprende a la perfección. Y algún día también lo hará su sucesor.

Hablaba con tal convicción que Pia no tuvo más remedio que estar de acuerdo con él. Al menos en gran parte. Le resultó admirable la manera en la que defendía a su hermano mayor. Además, su elegancia natural y su voz la hipnotizaban. Acompañaba sus palabras con una leve sonrisa en los labios con la que parecía estar seguro de poder convencerla de cualquier cosa. Y Pia tuvo la certeza de que, añadida al espectacular contraste entre sus ojos azules y su piel cetrina, era una táctica que le funcionaba nueve de cada diez veces. Pero aun así…

—Comprendo perfectamente la importancia del proceso de paz, alteza, admiro a Jennifer por su sentido del deber, como admiro el apoyo incondicional que usted les da. Pero ¿no está de acuerdo conmigo en que cuando uno se convierte en padre...?

El crujir de la gravilla bajo las ruedas de la limusina que indicaba la proximidad de la entrada trasera del palacio, así como el hecho de una mujer de mediana edad vestida austeramente saliera a la puerta, hizo que Pia dejara la frase inconclusa.

—Señorita Renati —dijo Federico, señalando a la mujer—, aquélla es Sophie Hunt. Es la secretaria privada de Antonio y lleva tanto su agenda como la de Jennifer. Si necesita cualquier cosa durante su estancia, ella podrá ser de gran ayuda.

El conductor detuvo el coche al pie de la escalera donde los aguardaba la secretaria. A continuación se bajó para abrir la puerta de Federico y Pia. Una vez más, el príncipe le ofreció la mano para ayudarla a salir.

Pia le sonrió al tiempo que se decía a sí misma que no debía acostumbrarse a aquel tipo de trato. Ella estaba acostumbrada a pantalones holgados y sandalias anatómicas, no a vestidos de lujo y zapatos de tacón.

Tras presentarlas, Federico se despidió de ella con un gesto solemne de la cabeza.

—La dejo en buenas manos —dijo—. Le reitero mi agradecimiento por su presencia en palacio y por su discreción. También quiero trasladarle el de mi padre, el rey Eduardo.

Pia lo observó subir los peldaños atléticamente de dos en dos, con la misma elegancia que adornaba cada uno de sus movimientos. Aunque estaba segura de que había sacado un tema de conversación que pocas personas osarían mencionar a una persona de la familia real, él había sabido esquivarlo con la mima facilidad que si hubieran hablado del tiempo. Era evidente que pertenecer a la realeza implicaba aprender a ocultar las emociones.

Si ella hubiera tenido una décima parte de su sentido de la compostura, no se había dejado llevar por el impulso de provocarlo. Pero algo en ella había necesitado saber si a Federico le importaban más sus hijos que su trabajo, averiguar si la risa de los chiquillos que había oído desde el coche se congelaba cuando veían a su padre, y descubrir si el príncipe pensaba en ellos como algo más que posibles herederos de la corona.

Y se dio cuenta de que, en el fondo de su corazón, deseaba con toda su alma que sintieran que los amaba más que a nada en el mundo.

—Señorita Renati, es un placer volver a verla —la secretaria cortó el hilo de sus pensamientos—. Nos conocimos brevemente antes de la boda del príncipe Antonio y la princesa Jennifer. Me ayudó a dirigir el trabajo de las floristas en la catedral a pesar de lo ocupada que estaba como dama de honor.

Pia apartó la mirada de Federico y sonrió a la secretaria.

—Es muy amable al recordarme. Por favor, llámeme Pia. El príncipe Federico ha sido ya suficientemente formal conmigo.

—Lo imagino —dijo Sophie, riendo—. Mantiene la etiqueta aún más que el propio rey —mientras esperaban a que el conductor sacara la bolsa de Pia del maletero, añadió—: Recuerdo a todos los amigos de la princesa Jennifer. Dado que tienden a casarse con la familia di Talora, es inevitable.

—Eso he oído —Amanda Hutton, otra de las damas de honor de Jennifer, se había quedado en palacio con un cargo diplomático y había acabado casándose con el príncipe Stefano, el más joven y, según la prensa, el más díscolo de los cuatro di Talora. Y la princesa Isabella se había casado el mes anterior con un americano.

—Le aseguro que yo no voy a ser la siguiente. Sólo estoy aquí para atender a una amiga embarazada.

Pero mientras avanzaba por los largos pasillos y cruzaban una sala tras otra, cada una más exquisitamente decorada que la anterior, Pia volvió a pensar en el príncipe Federico, en su camisa inmaculada y sus anchos hombros. Y en la expresión de determinación con la que había defendido a Antonio y a Jennifer.

Al ver un retrato suyo riendo junto a su padre, el rey, durante un desfile, Pia pensó que, tal vez, si conseguía relajarse y comportarse por unos minutos de manera espontánea, valiera la pena conocerlo.

Se llevó la mano al estómago mecánicamente y se preguntó qué le estaba pasando. No solía ponerse nerviosa porque un hombre la ayudara a subir a un coche. Por otro lado, hacía mucho tiempo que no tenía una relación. Su trabajo no se lo permitía y lo cierto era que estaba entregada a él en cuerpo y alma. Así que sería mejor que ignorara el atractivo aire de seguridad en sí mismo que emanaba de Federico y el hecho de que su aspecto físico hiciera que se volvieran las cabezas allá por donde iba. Era evidente que ella no era de su agrado y que la habría olvidado en cuanto la perdió de vista. Interesarse por un hombre tenía consecuencias como las que estaba sufriendo Jennifer: quedarse embarazada. Y Pia no tenía la más mínima intención de acabar como ella.

¿Por qué se molestaba en observarla?

Federico di Talora miró por la ventana desde lo alto de la escalera que conducía

20

a los apartamentos privados de la familia real. Desde aquel ángulo podía ver a Sophie charlando en las escaleras con Pia Renati mientras el conductor sacaba del maletero la ajada bolsa de viaje de la rubia.

Tenía un aspecto realmente desaliñado. Era baja, llevaba alborotado su rizado cabello, vestía ropa que sólo podía describirse como *hippie*... ¿O tal vez práctica y sin artificios, natural?

Le inquietaba. Su comportamiento huidizo en la boda de Antonio y Jennifer le hizo pensar que se sentía incómoda en ambientes aristocráticos. Mucha gente reaccionaba así. Y parte de la culpa la tenía la prensa, que se ocupaba de describirlos como inaccesibles y perfectos.

Federico odiaba esa palabra. Si algo había aprendido con la muerte de Lucrezia era que no tenía nada de perfecto.

Dado su origen, Pia debía de saber que la nobleza cometía muchos errores. Aunque fuera plebeya, su primo el vizconde Angelo Renati, amigo de Antonio, era un conocido vividor al que los tabloides jamás se referían como «perfecto». Y si Angelo no le servía de ejemplo, Pia podía haber conocido las imperfecciones de la nobleza por su madre, Sabrina Renati, entre cuya clientela se encontraba la clase alta de toda Europa.

Así que el comportamiento de Pia debía de tener algún otro motivo. En lugar de deberse a timidez, quizá era la consecuencia de que había visto en su interior y había descubierto lo lejos que estaba de ser perfecto.

Federico apartó la cortina de terciopelo para poder verla mejor mientras subía las escaleras tras Sophie. Cuando desaparecieron dentro del edificio, dejó caer la cortina y se alejó de la ventana. Debería estar pensando en sus hijos y en los problemas que le estaban causando sus niñeras. La del momento era la tercera desde la muerte de Lucrezia. Pero por más que intentó evitarlo, su mente volvió a la conversación que había mantenido con Pia.

Era consciente de que al casarse con Lucrezia había optado por el deber por encima del amor. Eran buenos amigos desde la infancia, se tenían afecto y comprendían bien la naturaleza de la realeza y la importancia de que un príncipe se casara y tuviera herederos. No estaban enamorados pero eso nunca les había importado.

O al menos a él no le había importado hasta la muerte de Lucrezia, ni hasta que había visto cómo el amor transformaba la vida la vida de sus dos hermanos y de su hermana. Tras la defunción de Lucrecia no había dejado de preguntarse si su decisión de cumplir con su deber y contraer matrimonio con un miembro de la aristocracia de San Rimini no había impedido que Lucrecia se casara con un marido afectuoso y atento. Cuando había compartido sus dudas con Stefano, el más joven de sus hermanos, Stef había insistido que Lucrezia se había casado con él conociendo perfectamente la situación, y que Federico no debía albergar ningún sentimiento de culpa, pues no la había engañado.

Pero Federico no estaba tan seguro. Lucrezia era un mujer hermosa, inteligente y culta. Docenas de hombres se habrían casado con ella por amor. Se había merecido más de lo que él le había dado. No la amaba y no debería haberse casado con ella. El amor romántico no tenía nada que ver con el amor que surgía por la familiaridad o el respeto.

Y ya que no podía cambiar el pasado, estaba decidido a amar a sus hijos con toda su alma. No podía fallarles. Y no dejaba de preguntarse si los problemas que estaba teniendo para encontrar la niñera adecuada se debían a que no se había esforzado lo bastante al seleccionarlas. ¿No debería pasar más tiempo con ellos y llegar a comprender sus necesidades?

Hasta ese momento no se había planteado esa posibilidad. Paolo y Arturo eran dos niños cariñosos y alegres, y a él le encantaba asistir a sus clases de música, presenciar algunas de sus lecciones o llevarlos a dar paseos o a visitar museos. El sonido de su risa le llenaba el corazón y le hacía dejar de preguntarse si su vida tenía sentido al margen del cumplimiento de sus deberes oficiales.

Pero las palabras de Pia, palabras que nadie hubiera osado dirigirle, le hicieron cuestionarse muchas cosas.

Pia lo hacía sentirse culpable porque hablaba con la libertad que él se negaba a sí mismo. Pero eso podía deberse a que no se parecía a ninguna de las mujeres que conocía, lo cual significaba necesariamente que tuviera razón.

Un grito de dolor que sólo podía pertenecer a Arturo, su hijo de cinco años, lo paró en seco. Miró por la ventana, pero al oír un segundo grito se dio cuenta de que procedía de los apartamentos. Aunque Arturo, como cualquier niño de su edad, tenía accidentes continuamente, Federico fue apresuradamente en su busca. Cuando llegó ante la puerta de los apartamentos privados, que custodiaba un guarda, también pudo oír el llanto de Paolo, y la voz aguda de la niñera intentando calmarlo.

—¡Alteza! —saludó el guarda, a la vez que miraba de reojo hacia la puerta.

—¿Qué ha sucedido?

—No lo sé, pero la señorita Fennini está dentro.

Federico hizo una señal con la cabeza, abrió la puerta y avanzó hacia el cuarto de los niños. La niñera sabía que si pasaba algo serio debía llamar al guarda.

Cuando Federico abrió la puerta no dio crédito al caos que tenía ante sus ojos.

Capítulo dos

PAPÁ, ayúdame! —gritó Arturo en cuanto vio a Federico.

Tenía el brazo metido en un jarrón de cerámica y Paolo tiraba de él para intentar liberárselo. Detrás de ellos, la niñera llamaba por teléfono. Por lo que Federico pudo oír, dedujo que había llamado al médico de palacio.

Federico acudió en primer lugar junto a Paolo para que dejara de tirar del jarrón. Luego, se volvió hacia Arturo.

—Siéntate y apoya el brazo en el suelo en lugar de sostenerlo en el aire —le indicó.

Arturo se sentó en el suelo y obedeció. Federico se sentó a su lado y tomó a Paolo en sus rodillas al tiempo que comprobaba lo ajustada que estaba la cerámica en torno al brazo de Arturo.

—¿Puedes mover los dedos? —preguntó.

Arturo asintió con expresión angustiada.

—Pero no puedo sacar la mano, papá.

—El médico del abuelo está a punto de llegar. Tienes que ser valiente y esperar —Arturo cuadró los hombros y se irguió. Federico le revolvió el cabello—. Así me gusta. Si demuestras tener valor, te convertirás en un gran príncipe.

La niñera colgó el teléfono y fue hacia ellos.

—Lo siento, alteza —dijo, tras hacer una reverencia—. El médico está de camino. Arturo quería romper el jarrón, pero le he dicho que usted no lo aprobaría. Parece caro.

—Preferiría que el médico le liberara el brazo sin necesidad de romperlo. Además, Arturo podría cortarse —Federico estudió la pieza. Era una de las últimas adquisiciones que había hecho su madre, veinte años atrás, en un viaje a Turquía. Tenía para él un gran valor sentimental, pero lo sacrificaría si era necesario.

El médico llego enseguida y Arturo alzó el brazo para mostrárselo.

—Mi soldado se cayó dentro, doctor —explicó—, y, sin pensarlo, metí la mano.

El médico que llevaba al servicio del palacio desde que Federico era pequeño le dedicó una mirada de fingida censura.

—No hay que meter la mano donde no se debe, Arturo. De todas formas, no parece un problema serio. Tu tío Stefano hacía cosas mucho peores.

Arturo lo miró con expresión de asombro y Paolo dejó escapar una risita.

—¿El tío Stefano era malo? —preguntó el pequeño.

Federico lo dejó en el suelo y permitió que el médico se aproximara para inspeccionar a su paciente. Hizo una señal a la niñera para indicarle que lo siguiera a una esquina de la habitación.

—Mona, ¿qué ha sucedido? —preguntó, evitando que los niños pudieran oírlos.

La niñera lo miró compungida.

—Mientras paseábamos por el jardín, Arturo dijo que había perdido su soldado. Volvimos para buscarlo y, antes de que me diera cuenta, se había detenido y había metido el brazo en el jarrón. Me dijo que el soldado se le había caído dentro.

—¿Por qué estaba cerca del jarrón? Si no me equivoco, ocupa un pedestal cerca de los apartamentos de mi padre y ése no es el camino al jardín.

La niñera se sonrojó y comenzó a jugar con la costura de su camiseta, que dejaba al descubierto varios centímetros de piel por encima de sus pantalones. Como en otras ocasiones, Federico se preguntó por la calidad del servicio que proporcionaba la agencia que supuestamente seleccionaba niñeras con una exquisita formación. Tenía entendido que su educación incluía aprender a vestirse adecuadamente, pero después de tres meses de servicio en el palacio, Mona no parecía haberse dado cuenta de que su aspecto no era el más apropiado para la labor que desempeñaba.

—No lo sé, alteza —dijo, finalmente.

—¿No sabe cómo llegó hasta allí o no sabe dónde encontró el jarrón? —Federico se contuvo para no sonar excesivamente severo. No quería asustarla, pero le preocupaba que no estuviera cumpliendo con su trabajo. No era la primera vez que Mona perdía de vista a Arturo, y no era ni conveniente ni seguro que los jóvenes príncipes pasearan por el palacio. Podían entrar en una sala en la que se celebrara una reunión importante de carácter político, o salir de la zona de seguridad y perderse. Aún peor, podían darse de bruces con uno de los grupos de turistas que visitaban las salas del palacio abiertas al público y ser interrogados o fotografiados por los curiosos.

Federico prefirió no pensar en ello.

—Ni una cosa ni otra, alteza —replicó Mona, nerviosa—. Llevaba a Paolo en brazos porque estaba cansado y Arturo nos seguía. Cuando me volví para preguntarle algo, no estaba. Pensé que habría venido por otro pasillo, pero cuando le pregunté al guarda me dijo que no lo había visto.

—¿Y no alertó al personal? —preguntó

29

Federico, consternado—. Debería haberme llamado inmediatamente. Para eso le di el número del móvil de la limusina.

—Arturo llegó al poco de hablar con el guarda, y traía el brazo atascado en el jarrón —los ojos de Mona se llenaron de lágrimas—. Lo siento. Sé que debería haberlo llamado. Le aseguro que no volverá a pasar.

Federico contuvo su ira diciéndose que la niñera no tenía más que diecinueve años y que llevaba poco tiempo a su servicio.

—Está bien, Mona. En el futuro no pierda de vista a los niños ni un segundo. Su seguridad depende de usted. Si algo así volviera a suceder, será despedida.

—Lo sé, alteza —asintió Mona.

Federico suavizó su tono.

—Sé que se esfuerza. Si puedo contribuir a que su trabajo sea más sencillo, no dude en decírmelo.

Al mismo tiempo que Mona decía que lo haría, los niños dejaron escapar un grito de triunfo. El médico sostenía el jarrón en el aire.

—¿Ves, Arturo? Te dije que si soltabas al soldado podrías sacar el brazo.

Federico se pasó una mano por la cara en un gesto de desesperación ante la ineptitud de la niñera. Y la suya propia. ¿Cómo no se habían dado cuenta de que la solución era tan sencilla? Arturo se frotó el brazo y miró al médico.

—¿Y ahora cómo recupero al soldado?

Soltando una carcajada, el médico dio media vuelta al jarrón y el soldado cayó sobre la palma extendida de Arturo.

—A partir de ahora, tened más cuidado.

Los dos niños asintieron con gesto solemne. El médico echó una última ojeada al brazo de Arturo, sonrió a Federico y se marchó.

Federico se acuclilló ante sus hijos.

—Paolo, Arturo, ¿qué instrucciones os había dado?

—Que hiciéramos caso a la señorita Fennini —dijeron al unísono.

—¿Y?

—Que no la perdiéramos de vista ni un segundo.

—Así es —Federico fijó la mirada en Arturo—. Y tú has desobedecido.

—Sí, papá. Prometo no volver a hacerlo.

—Y yo voy a creer en tu palabra —el príncipe les dio un abrazo antes de volverse hacia Mona—. Esta noche tengo una cena oficial. Si me necesita para algo, llámeme al móvil.

Antes de salir, miró hacia atrás y vio que los niños habían reiniciado sus juegos. Arturo sostenía el soldado en el borde de la pantalla de una lámpara como si fuera a tirarse en paracaídas y Paolo buscaba algo en la caja de los juguetes. Federico sacudió la cabeza. Hubiera dado cualquier cosa por cancelar sus compromisos y quedarse con ellos.

Pero en cuanto salió al pasillo, Teodora, su secretaria, lo alcanzó y enumeró el listado de compromisos que lo ocuparían los días siguientes mientras caminaba a su lado.

Federico la escuchó distraído. Parte de su cerebro trataba de imaginar qué opinaría Pia Renati de que su agenda estuviera tan llena que apenas le quedara tiempo para estar con sus hijos. Y supuso que no le parecería bien.

—Llevo ya dos semanas contigo y sigo sin saber para qué me necesitas —dijo Pia, al tiempo que sacaba una botella de agua de una neverita oculta tras un armario antiguo en el dormitorio de la princesa Jennifer—. Este palacio esta lleno de gente.

—Pero nadie es como tú —dijo Jennifer, quien con su cabello pelirrojo y su piel de marfil seguía siendo una espectacular belleza a pesar de haber entrado en el noveno mes de embarazo—. Contigo estoy tan cómoda como si estuviera sola.

—No sé si eso es bueno o es malo —Pia abrió la botella y vio que Jennifer la miraba con cara seria.

—Claro que es bueno. Contigo me puedo relajar porque eres mi amiga. Los demás me tratan como si fuera una figurita de porcelana. Te aseguro que no es sencillo acostumbrarse a esta vida

—No se parece nada a Haffali, ¿verdad? —bromeó Pia—. Nadie diría que no hace mucho tiempo dirigías un campo de refugiados en plena de zona de guerra.

Jennifer dejó escapar una risita desanimada.

—Desde luego que no. Y tengo que decir que echo de menos no poder ayudar a la gente. Desde que estoy en la cama ni siquiera he podido acudir a las galas benéficas. Me siento completamente inútil.

—No pienses en eso ahora. Además, cuando te fuiste notamos mucho tu ausencia —Pia abarcó con el brazo el lujoso dormitorio—, pero el dinero que habéis reunido Antonio y tú y el programa de becas que habéis establecido para los niños del campo nos permitió realojar a los refugiados mucho antes de lo que lo hubiéramos conseguido de no contar con vuestra ayuda. Y gracias a ti, después me asignaron a la Organización Mundial contra el SIDA. Así que te mereces un descanso.

Al ver que Jennifer iba a protestar, Pia añadió:

—Si te aburres, siempre puedes pensar en otros programas de ayuda. No necesitas más que papel y lápiz para apuntar tus ideas.

Una llamada a la puerta las interrumpió. Pia fue a abrir y volvió con una pila de correo que le había entregado el guarda. Lo dejó sobre la cama, junto a Jennifer.

—No sé como tienes tiempo para leer todas estas cartas.

—Normalmente se ocupa Sophie —explicó Jennifer—. Pero como me aburría le dije que lo haría yo misma.

Pia fue a por un abrecartas de plata que Antonio había regalado a Jennifer al poco de casarse. Cuando llegó junto a ella, sostenía en las manos una caja con una cámara digital.

—Voy a pedirte un favor. Encargué esta cámara para el cumpleaños de Antonio, pero no voy a poder ir hasta la sala de empaquetado de regalos.

—¿Hay una sala de empaquetado? —preguntó Pia perpleja, dejando el abrecartas sobre la cama.

Jennifer le alargó la caja con la cámara y asintió.

—Es increíble, ¿verdad? ¿Te importa ir a empaquetarla para regalo?

—Claro que no —dijo Pia, tomándola—. Necesito hacer algo más que pasarte agua o pañuelos. Creo que es la primera vez en mi vida que estoy inactiva.

—Lo mismo me pasa a mí —admitió Jennifer con un suspiro de resignación—. Me digo constantemente que es lo mejor para el bebé y que sólo quedan cuatro semanas —explicó a Pia cómo llegar a la sala de empaquetado, que se encontraba detrás de la cocina principal, y la despidió con un gesto de la mano y una sonrisa.

Pia descendió las escaleras de mármol. Por las ventanas abiertas le llegó el aroma a flores del jardín y respiró hondo. Dadas las circunstancias, hasta la idea de empaquetar un regalo le resultaba estimulante.

Por mucho que quisiera a Jennifer, llevaba dos semanas básicamente sentada, bien leyendo mientras la princesa dormía o facilitándole todo aquello que necesitaba. Jennifer se encontraba bien, pero había tenido unas leves pérdidas que habían inquietado al tocólogo, por lo que había recomendado reposo absoluto. Y aunque Pia sentía que no estaba haciendo nada, sabía que su presencia contribuía a que Jennifer se sintiera menos sola, y a que Antonio se tranquilizara al saber que su esposa estaba acompañada.

Las dos amigas estaban acostumbradas a desarrollar una gran actividad física y mental. Y tras varios días de lectura y de ver la televisión, Pia había empezado a aburrirse y a pensar en su trabajo. Tras el nacimiento del bebé y el retorno de Antonio, iría a Washington para cumplir con su siguiente misión. Tenía que acudir al África subsahariana para dirigir las obras de tres residencias para niños huérfanos afectados de SIDA. Durante ese periodo viajaría por Mozambique, Sudáfrica y Zimbabwe, en un programa de prevención, educando a las mujeres sobre las formas de contagio del virus. Para ella, no había nada comparable a saber que podía contribuir a mejorar la vida de miles de niños pobres y de mujeres desesperadas.

Mientras descendía las escaleras, se dijo que ya que su estancia con Jennifer no era más que un paréntesis vacacional, debía esforzarse más por disfrutarlo. En pocas semanas, la idea de poner los pies en alto y charlar con Jennifer le parecería un sueño inalcanzable.

Al llegar al pie de la escalera tomó un pasillo a la izquierda. Pasó junto a la biblioteca del rey, donde Jennifer le había contado que el monarca pasaba sus únicos momentos de asueto, y cuatro salas más adelante, abrió la puerta del comedor familiar donde la familia real habitualmente almorzaba, mucho más informal que el comedor en el que se celebraban las cenas oficiales.

En ese momento sonaban las campanas de la catedral de San Rimini y aunque Pia no era consciente de haberlo pensado, se dio cuenta de que la desilusionaba no encontrar a Federico almorzando.

No lo había visto desde el día de su llegada, pero no había podido quitárselo de la cabeza. Miró a su alrededor y contempló las obras de arte que adornaban las paredes. Para la mayoría de la gente, aquélla sería una sala ostentosa, pero para la familia di Talora, una gran mesa de roble junto a la cocina de palacio, a pesar de la lujosa decoración, representaba la más absoluta informalidad.

Los refugiados con los que ella había coincidido se hubieran sentido abrumados en una sala como aquélla. Y ella se sentía más próxima a ellos que a la realeza. Había tardado varios días en acostumbrarse a la espectacular belleza del apartamento de Jennifer y Antonio.

De pronto se dio cuenta de que estaba tratando de imaginar cómo serían las habitaciones de Federico y que su mente había invocado imágenes de ricos tapices, estantes llenos de juguetes en perfecto orden y una gigantesca cama con sábanas de seda...

Pia sacudió la cabeza para ahuyentar aquellos pensamientos, al tiempo que se preguntaba si a Federico le habría resultado difícil acostumbrarse a vivir en palacio. Aunque había nacido en la residencia familiar, antes de casarse con Lucrezia había pasado la mayor parte de su vida en el extranjero, representando al reino. Su vida había estado llena de acontecimientos. Lo había visto todo: desde países asolados por la guerra a otros con tanta riqueza como la de continentes enteros. Había visitado hospitales pobremente abastecidos y a huérfanos de guerra, pero también a altos dignatarios parapetados tras lujosos escritorios. Ser príncipe implicaba hacer eso y mucho más.

Pero al haberse quedado solo con Arturo y Paolo, había reducido drásticamente sus apariciones públicas. Y Pia supuso que le habría costado tanto acostumbrarse a su nuevo estilo de vida como a ella adaptarse a hacer de dama de compañía durante las dos últimas semanas.

—No pienses en él —masculló, al tiempo que cruzaba la sala acompañada por el eco de sus pisadas sobre el suelo de madera.

Cruzó las puertas de la cocina sin dejar ni por un momento de pensar en la línea perfecta del rostro de Federico y en sus ojos azules de mirada inteligente. No comprendía por qué un hombre con el que no había pasado más de media hora podía convertirse en el centro de sus pensamientos. La única explicación posible era el aburrimiento. En cuanto volviera a su vida normal, olvidaría al Príncipe Perfecto.

Una cocinera la acompañó hasta la antigua bodega, que había sido reconvertida en la sala de empaquetado. La sala, con techos bajos, suelo de baldosas y una fresca temperatura, recordaba su antigua función.

En el centro había una gran mesa de metal. De unos ganchos de la pared colgaban cintas y lazos de todos los colores. A izquierda y derecha, donde antes se almacenaban los selectos vinos, las paredes estaban cubiertas del techo al suelo por rollos de papel con diseños adecuados para cualquier tipo de objeto y persona a la que el regalo fuera destinado. A ambos lados de la mesa había unas cajas de plástico transparente con tijeras y cinta adhesiva, y en unas bandejas apilables se veían elegantes tarjetas blancas con el sello de la familia di Talora, además de bolígrafos y plumas.

Pia dejó la cámara sobre la mesa y eligió un papel azul y plateado, festivo y masculino a un tiempo. Colocó el rollo sobre la mesa e inspeccionó la guillotina para asegurarse de que lo ponía en el carrete correctamente.

—Tengo la impresión de que lo ha puesto al revés, señorita Renati.

Pia se sobresaltó y estuvo a punto de cortarse con el filo.

—Alteza, no lo había oído entrar.

Federico sonrió desde la puerta antes de acercarse a la mesa y recolocar el rollo de papel.

—Si lo pone así, conseguirá un corte más limpio —miró el papel y preguntó—: ¿Es para la princesa Jennifer?

—Para un regalo que ella le hace a Antonio.

—Ha elegido muy bien el papel.

Lo cortó al tamaño apropiado y lo extendió sobre la mesa.

—Por favor, alteza, no se moleste.

—Señorita Renati. Puesto que es una invitada del palacio y va a pasar aquí varias semanas, preferiría que me llamara Federico y me tuteara.

—De acuerdo, Federico —dijo Pia con timidez. Aunque le iba a resultar difícil acostumbrarse, no pensaba llevarle la contraria. Y, por otro lado, el nombre, sonoro y varonil, se adecuaba perfectamente al hombre que lo llevaba.

Tomó aire y se animó a comentar:

—No sé por qué no te imagino viniendo muy a menudo por esta parte del palacio.

Federico le dedicó una sincera sonrisa que la perturbó.

—Tienes razón, pero quiero empaquetar un regalo para la princesa Jennifer —señaló hacia un extremo de la mesa y Pia vio que había dejado sobre ella un libro. Leyó el título en alto sin poder contener su sorpresa.

—¿*Guía para inexpertas mamás modernas?*

—Lo compré hace unos años en Nueva York y he pensado que a Jennifer le gustaría.

Pia lo miró de reojo.

—No me gustaría insinuar que mientes, pero hace unos años Jennifer no estaba embarazada.

—No —Federico vaciló—. Voy a contarte un secreto —Pia arqueó una ceja—. Lo compré para Lucrezia cuando esperaba a Arturo, pero no encontró el momento de leerlo. He intentado conseguir una copia nueva para Jennifer, pero no he encontrado ninguna en San Rimini, así que... —alzó las manos como pidiendo disculpas—, me has pillado.

Pia sonrió.

—En América eso se llama re—regalar. La gente lo hace cuando recibe algo que no le gusta.

Federico la miró sorprendido.

—¿Y es habitual?

Pia tuvo que contenerse para no reírse de la expresión de su rostro.

—Es horrible, ¿verdad? Pero éste no es el

caso. Jennifer va a estar encantada.

—¿Me guardarás el secreto?

Pia dibujó una cruz sobre su pecho.

—Lo prometo.

—Gracias —Federico se volvió para seleccionar un rollo.

Mientras, Pia hojeó discretamente el libro. Le costaba imaginarse a Federico comprándolo. Y más aún sabiendo que había recorrido San Rimini para encontrar un segundo ejemplar. Era evidente que aquel príncipe serio y aristocrático era más interesante de lo que podía parecer a primera vista.

—¿Pia? —ella lo miró—. ¿Me ayudarías a elegir un papel para Jennifer? Conozco el gusto de mi hermano, pero no el de la princesa.

—Encantada.

Pia estudió los rollos y se decidió por uno en dos tonos de beige.

—¿Éste no sería adecuado? —preguntó él, señalando uno con corderitos rosas y conejitos amarillos sobre un fondo azul claro.

Pia hizo una mueca.

—Resérvalo para cuando nazca el bebé. Este regalo es para Jennifer, así que requiere uno más elegante y sofisticado.

Federico se encogió de hombros.

—Menos mal que estabas aquí para ayudarme. Si no, habría hecho el ridículo.

Pia posó la mano en su brazo y le dio un apretón afectuoso.

—No es cierto. Conozco pocos hombres que se hubieran molestado en buscar un regalo tan considerado, y mucho menos en envolverlo personalmente. Es un detalle encantador.

Capítulo tres

AL darse cuenta de lo que acababa de hacer, Pia retiró la mano precipitadamente y dio un paso hacia los rollos de papel para esquivar la mirada de Federico. Descolgó el beige y se lo pasó.

Trabajaron el uno al lado del otro en silencio. Sólo se oía el ruido de las tijeras y del rollo de la cinta adhesiva al girar sobre su base.

¿Qué la habría impulsado a tocarlo? Aun a través de la camisa almidonada el breve contacto le había servido para saber que debajo había un brazo musculoso y cálido. Se había tratado de un movimiento instintivo para tranquilizarlo, tal y como había hecho cientos de veces con los refugiados. Pero aquélla era la primera vez que su cuerpo reaccionaba al roce de otro con tanta fuerza como para sentirse perturbada.

—He acabado —dijo Federico, mostrándole el paquete—. ¿Le pongo un lazo blanco?

Pia asintió y Federico fue a la zona donde colgaban los lazos mientras ella terminaba de empaquetar la cámara. Estaba pegando el último trozo de cinta adhesiva cuando sintió que algo le rozaba el codo. Al mirar vio que Federico le había alcanzado un lazo azul deslizándolo por la mesa.

—Creo que a Antonio le gustará —dijo, a modo de explicación.

Pia suspiró hondo y se dio cuenta de lo tensa que estaba.

—Gracias. Va perfectamente con el papel —pegó el lazo en el paquete y añadió—: ¿Ves como si sabes elegir? Lo hubieras hecho igual de bien sin mí.

—No estoy de acuerdo.

Pia fue a protestar pero vio un brillo en los ojos de Federico que la desconcertó. ¿Podría estar coqueteando con ella? No tuvo oportunidad de comprobarlo porque él abrió la puerta de la cocina y el ruido de los cacharros y de los friegaplatos en marcha rompió la magia del momento.

—¿Le llevamos los regalos a la princesa Jennifer? —propuso Federico, manteniendo la puerta abierta.

—Muy bien —balbuceó Pia, al tiempo que tomaba su paquete y cruzaba la puerta.

De camino a los aposentos de Jennifer, Federico le describió cada una de las salas por las que pasaban, hablándole de su historia y de los objetos que las decoraban. Y ni por un instante pudo dejar de pensar Pia lo guapo que era, lo bien que olía y el poder hipnótico que ejercía sobre ella su voz melodiosa y profunda.

«Es viudo y tiene dos hijos», tuvo que recordarse una y otra vez. «Por más que sea todo un caballero las circunstancias son adversas».

Como si los hubiera invocado con el pensamiento, llegó hasta ellos el sonido de pisadas y de risas de niños. Federico frunció el ceño y Pia intuyó que no les estaba permitido circular por aquella zona del palacio.

Pero Federico no comentó nada en ese sentido, y se limitó a decir:

—Son mis hijos, Arturo y Paolo. Tengo la sensación de que vas a conocerlos antes de que vuelvan a su habitación.

—Parece que lo están pasando bien.

—Sí —dijo él en un tono tranquilo que no engañó a Pia. Por la expresión de su rostro, pensó que no le gustaría ser la niñera cuando se encontraran con ellos.

En el preciso momento en el que subió el último peldaño de la escalera, Pia percibió un objeto pequeño hacia su derecha. Casi al mismo tiempo, sintió un golpe en la sien que estuvo a punto de tirarla al suelo. Mecánicamente, se llevó la mano a donde había sentido el impacto y notó que tenía una herida. Le pareció escuchar una exclamación de sorpresa seguida de un silencio sepulcral.

A sus pies había un boomerang tallado en madera. Federico se agachó a recogerlo y cruzó con ella una mirada de espanto.

—¡Pia, estás herida! —exclamó. Y, sacando un pañuelo del bolsillo, lo presionó contra su sien al tiempo que la conducía hasta una butaca que se encontraba bajo los ventanales del corredor y la ayudaba a sentarse.

—Estoy bien —dijo ella. A lo largo de su carrera había sufrido los bastantes accidentes como para saber que no era nada serio. Ni estaba mareada ni sentía náuseas. Sin embargo, cuando tomó el pañuelo de manos de Federico, rozó con sus dedos su mano y se dio cuenta de que la tenía llena de sangre.

El grito de horror de un niño la hizo volverse y vio que los dos niños la miraban atemorizados, semiocultos tras una puerta. Aunque tenían los ojos marrones y no azules, sus rasgos faciales y el color de su piel no dejaban dudas sobre su herencia genética.

El más pequeño de los dos bajó la mirada cuando se cruzó con la suya. Contenía las lágrimas a duras penas y tenía la expresión apesadumbrada de un niño que acabara de hacer daño a otro involuntariamente. El mayor estaba de pie detrás de él, y se notaba que lo preocupaba más la reacción de su padre que las lágrimas de su hermano.

Sin embargo, cuando Pia lo miró dio un paso adelante y dijo:

—Lo siento, señorita. Espero que no le duela mucho —a continuación miró a Federico—. Ha sido sin querer, papá.

Federico le dirigió una mirada elocuente respecto a lo que pensaba.

—Arturo, ¿dónde está la señorita Fennini?

—Estoy aquí, alteza —la niñera apareció detrás de los niños con expresión angustiada—. Lo siento terriblemente, pero...

—Por favor —la interrumpió Federico—. Llame a mi chófer. Tengo que llevar a la señorita Renati al hospital —debió de intuir que Pia iba a protestar pues se volvió hacia ella y explicó—: Hay un médico en palacio, pero tengo la impresión de que necesitas puntos y en el hospital se asegurarán de que no te quede cicatriz.

Pia frunció el ceño.

—No creo que haga falta que...

—Voy a avisar al chófer enseguida —interrumpió la niñera, al tiempo que se alejaba apresuradamente.

—¿Señorita Fennini?

La niñera se giró para mirar a Federico y el corazón de Pia se encogió al adivinar lo que seguiría.

—En cuanto hable con el chófer, vaya a ver a mi secretaria. Explíquele lo sucedido y pídale que encuentre a alguien para cuidar de los niños esta noche.

La expresión de humillación de la niñera y la severidad del rostro de Federico confirmaron a Pia que acababa de presenciar la ceremonia de despedida de la joven, y aunque no dijo nada, no pudo evitar sentir lástima por ella.

Si no recordaba mal, ella debía de tener más o menos la misma edad que la niñera cuando la echaron de su trabajo de cuidadora. También ella había fracasado y como resultado le habían quedado más cicatrices en el alma que como consecuencia de todos los accidentes que había sufrido posteriormente en su vida.

En cuanto la niñera se marchó, Pia hizo un esfuerzo por olvidarse de la palpitación que sentía en la sien y guiñó un ojo a los niños.

—Accidentes como éste pasan todo el rato, chicos. No tenéis de qué preocuparos —pensaba que Federico comprendería el mensaje y, de paso, le daría a la niñera una segunda oportunidad. Al ver que los niños seguían mirándola con expresión compungida, flexionó el brazo que tenía libre y sacó músculo.

—¿Veis lo fuerte que soy? Un golpe en la cabeza no significa nada para mí.

El mayor de ellos, Arturo, miró al suelo y Pia supo que ocultaba una sonrisa.

—Soy Pia Renati. ¿Cómo te llamas tú? —preguntó al más pequeño.

—Paolo.

—Paolo. ¡Es un nombre precioso! Mi padre se llamaba Paolo y es el segundo nombre de mi primo Angelo.

Arturo alzó la cabeza con el rostro iluminado.

—¿El vizconde Renati? Es amigo de mi tío Antonio.

—Es muy simpático —musitó Paolo—. Cuando se enteró de que la tía Jennifer tenía un bebé en la tripa le mandó un ramo de flores.

Pia sonrió al tiempo que intentaba ignorar el fuerte dolor de cabeza que empezaba a sentir.

—Así es mi primo Angelo.

A su lado, Federico masculló algo.

Dado que Pia y Angelo tenían personalidades muy distintas apenas habían coincidido, pero al oír el gruñido de desaprobación de Federico supuso que el príncipe lo conocía y que no aprobaba su tendencia a aparecer en las revistas del corazón y a airear su vida sentimental en público. Quizá por eso, ya que eran familia, lo inquietaba que ella no fuera todo lo discreta que debía ser respecto al estado de Jennifer.

Pero Pia sabía que Angelo, a pesar de su ansia de protagonismo, tampoco proporcionaría a los tabloides ninguna información personal de la familia real. Los respetaba y valoraba demasiado su amistad con Antonio como para ponerla en riesgo. Quizá Jennifer debía aclararle ese punto a Federico para que el príncipe tuviera una causa menos de preocupación. Tendría que sugerirle que lo hiciera.

Hasta entonces y dada la forma en que Federico la miraba, estaba claro que en aquel momento era precisamente ella su principal motivo de preocupación. Le quitó el pañuelo de la frente y estudió la herida con expresión preocupada.

—No es nada grave, Federico —le aseguró ella, volviendo a taparse la herida con el pañuelo—. Las heridas en la cabeza tienden a sangrar mucho aun cuando son leves.

Federico miró a sus hijos con severidad.

—No deberían haber jugado con el boomerang dentro del palacio.

—Estoy segura de que apuntabas hacia la ventana, ¿verdad Arturo? —bromeó Pia—. Y puesto que está abierta, en realidad estaban jugando fuera y no dentro.

Arturo se cubrió la boca para contener la risa y Pia se sintió mejor al ver que había conseguido que se relajara. Sin embargo, Paolo seguía mirándola con expresión angustiada.

—Paolo, ¿puedes hacerme un favor? Mira por la ventana a ver si llega el coche de tu padre.

El niño fue hasta la ventana y, poniéndose de puntillas para alcanza, miró hacia el exterior. Después giró la cabeza.

—Todavía no viene, pero puedo ver al abuelo —dijo con una tímida sonrisa.

Unos segundos más tarde, el rey Eduardo llegaba al rellano de la escalera. Dado que había acabado con sus deberes oficiales iba vestido deportivamente y aparentaba ser mucho más joven de lo que era. Con una perspicaz mirada, observó la escena y comprendió lo sucedido. Hizo un gesto con la mano para indicar a los niños que se acercaran a él y Pia pensó que era evidente que estaba acostumbrado a ser obedecido. Fue a ponerse de pie pero el rey le indicó que permaneciera sentada.

—No te molestes, estás herida —se volvió hacia Federico—. ¿Vas a llevarla al hospital?

—Sí.

Aunque no hubiera visto su retrato cientos de veces en los periódicos y en las monedas de San Rimini, Pia hubiera adivinado por su porte y la majestuosidad de su actitud que se trataba del rey.

—No tengo ninguna reunión oficial —dijo el rey a su hijo—, así que puedo quedarme con Paolo y Arturo. Los llevaré a la armería para enseñarles las armas y las cotas de malla que ha restaurado su tío Nick. Así aprenderán algo de la historia medieval de San Rimini.

—Gracias, padre. Será una gran ayuda —Federico señaló los paquetes que había dejado en una butaca próxima—. ¿Podrías también llevar eso a la princesa Jennifer y explicarle lo que ha sucedido?

—Por supuesto.

El rey hizo que cada uno de los niños tomara un paquete y a continuación se dirigió a Pia.

—¿Necesitará Jennifer ayuda mientras estés ausente? Puedo pedir a alguien que le haga compañía.

Pia sacudió la cabeza y sintió un dolor punzante.

—Creo que preferirá estar sola, majestad. Y yo no tardaré mucho.

Tras disculparse por el comportamiento de sus nietos y desearle una pronta recuperación, el rey descendió las escaleras con los niños.

—Gracias por ser tan amable con mis hijos —dijo Federico en cuanto pensó que el rey ya no podía oírlo. Aunque mantenía la mirada fija en la herida de Pia, ésta intuyó por la emoción que transmitía su voz que estaba sinceramente agradecido—. Tienes una habilidad natural para tratar a los niños.

Ella hizo un ademán con la mano para quitarle importancia.

—Supongo que es parte de la experiencia que he adquirido en los campos de refugiados —Pia era consciente de que ser capaz de decir unas palabras amables no significaba que tuviera la habilidad necesaria para tener hijos, pero no quiso contradecir al príncipe. Y menos después de que le dedicara unas palabras tan cálidas sin dejar de sostener el pañuelo contra su frente.

Desde fuera le llegó el ruido de las ruedas de un coche sobre la gravilla. Federico se asomó por la ventana para asegurarse de que era el suyo. Después, le indicó que sujetara el pañuelo e, inclinándose, la tomó en brazos.

—Alteza…

—Federico.

—No… no hace falta que me lleves en brazos. Puedo caminar perfectamente. Además, te estoy manchando la camisa de sangre.

Federico la asió con fuerza.

—Tengo muchas otras. Pasa el brazo por

detrás de mi cuello. No quiero que te caigas por las escaleras. Sería mucho más grave que lo que han hecho mis hijos.

Pia obedeció y cuando su mano tocó la espalda de Federico y la suave tela de su camisa le acarició la mejilla, se dijo que lo que habían hecho sus hijos no tenía nada de malo.

Federico no comprendía cómo podía haber una nube de fotógrafos a las puertas del hospital y se preguntó qué rumor habría corrido: que había despedido a la tercera niñera en un año, que una invitada del palacio había tenido un accidente, o aún peor, que se lo había visto llevar en brazos hasta su coche a una hermosa mujer rubia con el rostro manchado de sangre para conducirla al hospital.

Gruñó entre dientes antes de separar un poco las varillas del estor para poder ver mejor a los fotógrafos. Cuando volviera con Pia a palacio tendrían que salir por una puerta trasera. Si los periodistas decidían que entre ellos había una relación personal, perseguirían a Pia durante semanas con la esperanza de dar la exclusiva sobre el romance real. Y si eso sucedía, no sólo Pia se vería perturbada, sino que más tarde o más temprano, la prensa descubriría que Jennifer guardaba reposo.

Ésa sí sería una noticia explosiva. Tanto que incluso podría afectar a las conversaciones de paz y, en consecuencia, a miles de vidas.

Federico se apartó de la ventana de la habitación privada en la que habían instalado a Pia y se sentó en una butaca a esperar a que el médico acabara de cubrir la herida con un vendaje. Tal y como Pia había diagnosticado, la brecha era pequeña y sólo había requerido tres puntos.

Sin embargo, el sentimiento de culpabilidad de Federico no había disminuido y seguía sintiéndose responsable de lo sucedido. Pia, por su parte, había reaccionado maravillosamente e incluso había intentado consolar a los chicos. Y aunque le estaba agradecido por haber aliviado parcialmente su malestar, comprendía por primera vez el sentimiento que había invadido a sus padres cuando su hermano Stefano se había peleado con unos chicos y la noticia fue portada de los tabloides. Estaba seguro de que habían sentido que fracasaban como padres.

¿Cómo podía haber consentido que sus hijos escaparan de su control y llegaran a herir a alguien?

Tras indicarle a Pia que mantuviera la

zona de la herida limpia, el médico se volvió hacia Federico.

—Estoy seguro de que se recuperará con prontitud, alteza.

—Gracias. Le agradezco su rápida intervención. Por favor, envíe la factura a palacio. No quiero que la señorita Renati la reciba —Pia fue a protestar, pero Federico la detuvo con un gesto de la mano—. Por favor, es lo mínimo que puedo hacer.

Cuando el médico salió, Pia le lanzó una mirada de exasperación.

—Tengo un seguro que puede pagar cualquier tratamiento médico.

—Me siento responsable de este accidente y sería una descortesía permitir que pagaras la factura. Tu única preocupación ha de ser recuperarte lo antes posible.

—Ni es tu culpa ni tengo que recuperarme de nada. Los niños hacen cosas así.

—Los míos no.

—No quiero ser grosera, pero son niños. Por mucha sangre real que tengan, todos los niños hacen travesuras.

Federico resopló.

—Lo sé y trato de ser comprensivo, pero lo cierto es que sus responsabilidades son distintas a las de otros niños y cuanto antes lo aprendan mejor será para ellos.

Pia posó la mano sobre su brazo y Federico

se sintió reconfortado.

—Debe de ser difícil crecer bajo la mirada pública.

—Puede que sí —Federico miró la mano de Pia y le agradó sentir el tacto de una mujer sin temer que quisiera algo de él—, pero yo aprendí. No tuve otro remedio.

Y la sensación de estar siempre bajo el escrutinio público no acabó tras su infancia. Luego pasó lo mismo con su matrimonio y en realidad con cada paso que daba en la vida. Todas sus relaciones se veían afectadas por el hecho de que se sabía permanentemente observado.

La sensación de tener la mano de Pia sobre su brazo le agradaba más de lo conveniente. También era consciente de haber sentido un especial placer al llevarla en brazos hasta el coche. Respiró hondo. ¿Desde cuándo no estaba con una mujer? Al menos desde la muerte de Lucrezia. Y ella había sido elegida por sus padres. No se trataba de una mujer que se presentara en su vida de sorpresa y le ofreciera su amistad y su apoyo incondicional. Como todo lo demás en su vida, era parte de un programa.

El espontáneo gesto de Pia lo hizo consciente del resto de sus encantos: su rostro pecoso, de una belleza sencilla y natural, su actitud honesta, su calidez, su feminidad.

Por una fracción de segundo, se preguntó cómo reaccionaría si la atrajera hacia sí y la besara. ¿Lo rechazaría? ¿Se escandalizaría? ¿O se lo devolvería?

Tragó saliva. No podía permitirse pensar en Pia Renati en esos términos. Por mucho que le agradara y por muy atractiva que la encontrara, no se sentía con fuerzas como para enfrentarse a la reacción de la prensa si descubrían que tenía una vida sentimental propia.

Pia vaciló por unos instantes, como si intuyera que Federico se debatía internamente. Retiró la mano con lentitud pero mantuvo la mirada fija en él.

—Espero que disculpes que me entrometa, pero la niñera no ha tenido la culpa de lo que ha pasado.

Una enfermera pasó por el corredor y echó una ojeada al interior. Federico se dio cuenta de que no estaban solos e indicó a Pia que saliera.

—Debemos marcharnos. Puede que necesiten la cama para otro paciente.

Una vez se encontraron en el vestíbulo de Emergencias, retomó la conversación anterior.

—No te preocupes por la niñera. Éste no era el primer incidente, así que no creas que la he despedido por tu culpa.

Hubiera querido decir más, pero llegaron a la sala de enfermeras y le había prometido al médico detenerse a charlar con el personal. Era la primera vez que no le apetecía cumplir con sus súbditos. Sólo quería hablar con Pia y convencerla de que no había actuado injustamente con la enfermera. Con sus sencillas preguntas parecía capaz de hacerle cuestionarse su mundo.

A los pocos minutos, apareció el chófer y Federico aprovechó la oportunidad para despedirse. Pia necesitaba volver al palacio y descansar.

—Hay periodistas por todas partes —le dijo el chófer, un hombre de unos sesenta años que estaba al servicio del palacio desde que Federico tenía uso de razón.

—¿Por qué no traes el coche a la salida oeste? —sugirió Federico—. Ya que no podemos evitarlos, lo mejor será enfrentarnos a ellos y responder sus preguntas. Pero me gustaría que nos esperaras al pie de la escalera con el coche en marcha.

El conductor asintió con la cabeza y partió.

—Yo no tengo que hablar con ellos, ¿verdad? —preguntó Pia angustiada—. No sabría qué decirles. Y mírame. Estoy espantosa.

—Lo más seguro es que se centren en mí —Federico sonrió—. En cualquier caso, no debes preocuparte de tu aspecto.

—Me gustaría mirarme en un espejo —dijo Pia con voz nerviosa—. Seguro que se me ha corrido el rímel y...

—Detente —Federico la miró fijamente. Estaba pálida, pero su cabello no parecía más alborotado que de costumbre. Le retiró un mechón detrás de la oreja—. Estás perfecta. ¿Tienes lápiz de labios?

—No. Estoy horrible, ¿verdad?

Federico le dedicó una sonrisa tranquilizadora.

—En absoluto. Sólo lo he sugerido para que desviaras la atención del vendaje.

—¿Tan mal aspecto tiene?

—No —Federico acarició con un dedo la gasa blanca—. De hecho, para acabar de recibir tres puntos, estás maravillosa —y no mentía. Cualquier otra mujer se habría derrumbado al saber que se tenía que enfrentar a docenas de periodistas, pero Pia tenía una fuerza interior y una sosegada confianza en sí misma que no podía por menos que admirar. Era demasiado sensata como para dejarse arrastrar por el melodrama.

Y tan dulce... Y tan distinta a las mujeres perfumadas y sofisticadas que se acercaban a él sólo para ascender en la escala social...

—Está bien —dijo Pia. Y su aliento acarició el rostro de Federico—. Si crees que tengo un aspecto presentable, aceptaré tu palabra.

—Así me gusta.

—Además, tú tienes la camisa llena de sangre.

—Ya te he dicho que tengo muchas otras. Y puede que no se vea en la televisión.

Se inclinó y besó levemente a Pia en la frente. Sólo pretendía darle un beso fraternal que la ayudara a enfrentarse a las cámaras, pero sus labios se demoraron sobre su frente como si tuvieran voluntad propia y sus ojos se cerraron al tiempo que disfrutaba de la deliciosa sensación de sus rizos acariciándole la cara.

Oyó que Pia contenía el aliento y sintió sus dedos como mariposas contra su pecho. En aquel preciso momento su mundo programado y perfecto colapsó.

Capítulo cuatro

ERA la primera vez en su vida que se dejaba llevar por un impulso. Un suspiro brotó de la garganta de Pia cuando sus labios se encontraron. Se dieron un prolongado y cariñoso beso mientras Federico se decía que no podía dejarse llevar, que debía resistirse a la cálida y apasionada promesa de bienestar que vislumbraba en Pia. Había algunos límites que no podía sobrepasar.

Pero aunque mantuvo el beso en la más estricta castidad, supo que ya no había marcha atrás. Dejando caer las murallas de contención dejó que su cuerpo lo dominara. Besar a Pia, una plebeya que no asumía automáticamente que debía ser atendida por el servicio, que protestaba cuando la tomaba en brazos, y que hablaba con sus hijos como si los comprendiera, representaba caer en todas las tentaciones que había aprendido a resistir desde su infancia. Pia era una mujer fuera de su mundo y de sus deberes, alguien a quien ni tan siquiera podía considerar.

Y sin embargo, aquél era uno de los escasos episodios de su vida que tenía lugar fuera de las cámaras y de las reuniones oficiales con altos dignatarios. Y no podía resistirse.

Separó sus labios de los de ella a regañadientes pero los mantuvo muy cerca. Con ambas manos le retiró el cabello de la cara y vio que en sus ojos brillaba el mismo anhelo que él sentía en su interior.

A pesar de que la deseaba desesperadamente y que su cuerpo ansiaba sentirla y besarla con la desbordada pasión que lo dominaba para comprobar a qué los conducía, sabía que no debía hacerlo.

Ni siquiera quería plantearse por qué la deseaba con tanta intensidad, por qué su cuerpo quería sentir cada milímetro del de ella. Porque de lo que sí estaba seguro era de que no podría soportar que la prensa dejara de considerarlo el Príncipe Perfecto, el único di Talora que mantenía viva la leyenda del príncipe ideal de San Rimini. A la larga, sólo podía hacer daño a Pia, a la familia real y a su país.

Hacerle creer otra cosa a ella, volver a besarla, sería un error.

—Pia —su voz resonó en el silencio del vacío vestíbulo—. Yo...

No pudo recordar lo que iba a decir al sentir que Pia jugueteaba con el primer botón de su camisa.

—Tú ¿qué? —Pia alzó la mirada y de pronto Federico sintió que lo unía a ella un vínculo de una fuerza que no había experimentado nunca antes con nadie.

Todos los pensamientos relacionados con los principios y la responsabilidad se evaporaron de su mente. Cerró los ojos y la besó. Atrapó el cuerpo de Pia contra la pared y presionó su pecho contra sus senos sin apartar sus labios de los de ella ni un instante.

Pia entreabrió los labios y con su lengua saboreó el interior de su boca. Deslizó las manos por su pecho para abrazarlo por la cintura y atraerlo hacia sí. Y durante todo el tiempo actuó con una inocencia que indicó a Federico que tampoco para ella era habitual que se diera un momento como aquél, que también sentía como excepcional y único el lazo que se había estrechado entre ellos.

Federico tuvo la certeza de que, de no haber sido una figura pública, en aquel mismo instante la habría arrastrado hacia una de las habitaciones y le habría hecho el amor. Habría actuado como cualquier hombre podría hacerlo. Jamás había sentido una conexión tan fuerte con Lucrezia y nunca antes su deseo sexual había sido tan poderoso.

Como si se arrancara de ella, tomó aliento y se separó de Pia. Su cuerpo se estremeció de añoranza.

Sólo había transcurrido un año desde la

muerte de Lucrezia y no debía permitirse tener ningún tipo de intimidad con una mujer, sintiera hacia ella lo que sintiera. ¿Qué clase de hombre era si no guardaba luto por su difunta mujer?

—Lo siento, Pia —consiguió decir—. Esto... esto no está bien.

—Lo comprendo —Pia dejó caer los brazos—. No debería haber creído...

—Tú no tienes la culpa de nada. Si yo fuera otro hombre no dudaría en... —la emoción atenazó a Federico. No recordaba haber estado falto de palabras en ninguna ocasión. Ni sentirse tan avergonzado—... continuar. Te encuentro fascinante. Pero mi vida no es sólo mía. Me debo a mi familia y a mi país. Mis súbditos esperan que me comporte como un príncipe.

No podía mirarla a los ojos. Mantuvo la mirada fija en el vendaje de su frente.

—Es... demasiado pronto desde lo de Lucrezia. No...

¿Cómo podía expresarlo? ¿Cómo podía hacer que Pia lo comprendiera? Deseaba besarla desesperadamente. Pero hacerlo iba en contra de todo lo que se esperaba de su posición.

—Debo honrar su recuerdo.

—No tienes que darme explicaciones. No te preocupes —Pia intentó aparentar calma, pero el atropello con el que le salieron las palabras la delató—. Deberíamos marcharnos. El chófer debe de estar ya en la puerta y los periodistas te esperan ansiosos.

Federico tragó saliva. Sentía la necesidad de decir algo más, pero toda su experiencia en el arte de la diplomacia y los años de lecciones de etiqueta no le sirvieron de nada. Sencillamente, dio media vuelta y caminó hacia las puertas que, al final del pasillo, conducían a la entrada oeste del hospital. Pia caminó a su lado. Justo cuando traspasaban las puertas dejó escapar una risita y Federico la miró con incredulidad.

—¿Lo estás pasando bien?

—Al menos ya no necesito pintalabios.

—Tienes razón —Federico sonrió tímidamente, agradeciendo el esfuerzo de Pia por relajar la tensión que había entre ellos. Pero cuando miró por la ventanilla de cristal de las puertas y vio lo que los esperaba, tuvo que hacer un gran esfuerzo para conservar la sonrisa.

Al menos treinta periodistas con sus cámaras correspondientes se agolpaban a la salida del hospital. Detrás de ellos se veían dos filas de furgonetas de televisión con focos cegadores y antenas parabólicas.

—¡Dios mío! —exclamó Pia, alarmada.

—No te preocupes —Federico la tranquilizó—. Hablo con la prensa varias veces a la semana. Quédate a mi lado. Si algo saliera mal, mi chófer interrumpiría en el momento adecuado y nos acompañaría al coche.

Los periodistas los vieron en cuanto pasaron al vestíbulo, y avanzaron a codazos para estar en primera fila cuando salieran del edificio por la puerta giratoria y reclamar la atención de príncipe.

—¡Alteza!

—¿Cómo está la señorita Renati?

—¿Por qué está la señorita Renati en el palacio?

Pia, que estaba al lado del príncipe, se tensó. Federico posó la mano en la parte baja de su espalda y la animó a adelantarse un poco, al tiempo que hacía señas a los reporteros para que guardaran silencio y retrocedieran. Cuando se aseguró de que Pia no recibiría ningún empujón, retiró la mano y comenzó a hablar con voz pausada.

—Gracias por vuestro interés, pero sólo tenemos unos minutos. Como podéis imaginar la señorita Renati necesita descansar.

Una conocida periodista de una cadena local adelantó el micrófono.

—Alteza, ¿puede explicarnos qué ha pasado esta tarde y cuál es el motivo de la visita de la señorita Renati?

—Buenas tardes, Amalia —la saludó él en

el tono cordial que utilizaba con la prensa—. La señorita Renati es amiga de la familia. Estaba jugando con mis hijos cuando sufrió un corte en la frente. Afortunadamente no ha sido nada serio. Como podéis ver, ha sido atendida y dada de alta —sonrió a la morena periodista antes de añadir—: No ha tenido más importancia que aquel perro suelto que apareció en vuestros estudios la semana pasada.

Amalia asintió agradecida y sonrió al recordar el perro que había escapado de un programa de adopción de animales domésticos en medio de la emisión. Puesto que ya tenía unas palabras del príncipe, hizo una señal al cámara para ir a su siguiente encuentro.

Otro reportero dio un paso adelante. Federico sabía que trabajaba para el tabloide *San Rimini Today*. Le dedicó una sonrisa crispada. Estaba seguro de que le haría una pregunta de tipo personal.

—Alteza —el periodista le acercó una grabadora a la boca—, ¿es cierto que la señorita Renati lleva más de dos semanas viviendo en palacio? ¿No significa eso que es algo más que una amiga de la familia?

Un murmullo corrió entre los periodistas y una vez más comenzaron a gritar preguntas al azar. Federico alzó la mano para callarlos a la vez que intentaba pensar en algo que los tranquilizara, pero el murmullo se intensificó. Todos los periodistas estaban pendientes de la respuesta que diera a la última pregunta que había sido formulada. Incluso Amalia había dado media vuelta y le había pedido al cámara que tomara un primer plano del príncipe.

—Sabemos que su niñera, Mona Fennini, ha sido despedida hoy a pesar de que sólo llevaba dos meses a su servicio —el periodista alzó la voz para asegurarse de que todos lo oían—. Ahora dice que Pia Renati estaba jugando con sus hijos esta tarde. ¿Puede que se convierta en la próxima niñera?

—Como he dicho antes, la señorita Renati es una amiga de la familia.

Federico se volvió hacia otro periodista, pero el reportero de *San Rimini Today* no se dio por satisfecho. Alzó aún más la voz para continuar:

—Entonces, ¿hay una relación entre usted y la señorita Renati que debamos conocer? ¿Por eso estaba jugando con sus hijos?

Federico hizo caso omiso del comentario y preguntó si alguien tenía alguna otra pregunta. Al mismo tiempo, hizo una señal imperceptible a su chófer y éste acercó el coche, obligando a los periodistas a ampliar el círculo.

—Alteza, ¿tiene algo que ver la presencia de la señorita Renati con la princesa Jennifer? —Federico identificó a una periodista de la televisión nacional—. Mis fuentes me indican que la señorita Renati trabajó en el campo de Haffali a las órdenes de la princesa. Hace semanas que no es vista en público y circulan rumores de que tiene algún problema con el embarazo.

—Y tampoco ha acompañado al príncipe Antonio en su viaje oficial —apuntó otro periodista.

Federico no quería que entraran en ese terreno. Sacudió la cabeza con vehemencia.

—Como sabéis, las conversaciones comenzaron un mes antes de lo programado. La princesa Jennifer ha entrado en el noveno mes de embarazo y como sucedería con cualquier otra mujer en su estado, no es conveniente que viaje.

—¿Eso es todo? —insistió el periodista de *San Rimini Today*—. La princesa apareció en público hasta la llegada de la señorita Renati, pero el día anterior canceló una cena de recogida de fondos para su programa de becas en la embajada francesa. ¿Está el embarazo en peligro? ¿Es ésa la razón de la presencia de la señorita Renati?

—Están completamente equivocados —la voz de Pia sobresaltó a Federico—. Tal y como les ha explicado su alteza…

—¿No es raro tener tanto tiempo libre en un trabajo como el que usted desempeña? ¿O ya no trabaja para la Asociación Mundial contra el Sida? —insistió el periodista, poniendo la grabadora delante de Pia—. No parece que sea una mera coincidencia.

Federico vio la duda reflejada en el rostro de Pia mientras buscaba la respuesta adecuada. Se volvió hacia el periodista para sacarla del apuro, pero ella habló primero:

—Acabó de terminar un proyecto en Estados Unidos y todavía no he comenzado el siguiente.

—¿Está en un periodo de descanso? —preguntó el periodista con ojos brillantes—. Así que técnicamente está en el paro. ¿Significa eso que podría aceptar un puesto en el palacio?

—¿Quizá como niñera de los príncipes Arturo y Paolo? —añadió Amalia, dedicándole un guiño de complicidad a Federico.

En aquel preciso momento, el chófer rodeó la limusina y abrió la puerta de los pasajeros. Federico aprovechó la oportunidad para despedirse de los periodistas.

—Siento no tener más tiempo, pero me esperan en palacio. Además, la señorita Renati tiene que descansar. Espero haber respondido a vuestras preguntas. Si queréis algo más, no tenéis más que poneros en contacto con mi secretaria para concertar una cita. Gracias.

Tras pronunciar aquellas palabras ayudó a Pia a meterse en el coche y entró a su vez. A continuación, dio un golpecito en la mampara que los separaba del conductor para indicarle que arrancara.

—Sólo pretendía ayudar. Siento haberme equivocado —Pia giró la cabeza hacia atrás para mirar a los periodistas—. Pensaba que diciendo que estaba entre un proyecto y otro se olvidarían de Jennifer. Y no se me había ocurrido que creyeran que podía ser la niñera de tus hijos. Pronto partiré hacia África. Si los periodistas se hubieran molestado en documentarse lo habrían sabido.

—Probablemente lo saben, pero prefieren actuar como si lo ignoraran para ver si consiguen más información —mientras hablaba, Federico no dejaba de pensar en lo que Pia había dicho. Además de haber demostrado que se llevaba bien con los niños, en el palacio se comentaba que pasaba largas horas sin hacer nada.

Quizá hasta que encontrara a una sustituta definitiva...

Decidió atreverse.

—Los niños han estado muy cómodos contigo. Suelen ser mucho más tímidos con los desconocidos. Si estuvieras interesada…

—No puedes hablar en serio —Pia abrió los ojos desmesuradamente. Luego añadió—: Perdona, no quería decir eso. Los niños son encantadores, pero Jennifer me necesita.

Desvió la mirada y Federico no pudo reprimir la tentación de provocarla.

—Tengo la sensación de que te estás aburriendo.

—Yo no he dicho eso.

Federico clavó la mirada en ella hasta que Pia movió la mano en el aire como si enarbolara una imaginaria bandera blanca.

—Está bien. Tienes razón. Me muero de aburrimiento. Pero no por culpa de Jennifer. Lo que ocurre es que necesita dormir bastante durante el día, así que no tengo nada que hacer.

—Entonces puede que consideres la posibilidad de…

—Ni hablar. Sería la peor niñera del mundo. Además, tal y como he dicho, en unas semanas tengo que ir a África. Y una vez llegué allí, trabajaré sin parar.

Utilizó un tono crispado que hizo preguntarse a Federico si le disgustaba la idea de hacer de niñera, en general, o si lo que la preocupaba era ser *su* niñera. Después de lo que había sucedido entre ellos en el hospital, no podía culparla.

Sin embargo, nunca había visto a Arturo y a Paolo reaccionar tan positivamente. Y dada la experiencia de Pia, no le cabía la menor duda de que tendría unas capacidades de organización excepcionales. Ella no perdería a los niños por los corredores del palacio.

Se encogió de hombros como dándose por vencido, pero cuanto más lo pensaba, más lo convencía la idea.

—Pasarán varias semanas hasta que encuentre una niñera apropiada —explicó, adoptando el tono más neutro que pudo—. Dado lo bien que te has llevado con los niños, tal vez no te parezca tan mala idea pasar unas horas al día con ellos para aliviar tu aburrimiento —al ver que Pia sacudía la cabeza, continuó—: Así los periodistas dejarían de ocuparse de la princesa Jennifer.

—No sé.

—No serías tratada como una empleada, sino como una amiga de la familia, y…

Aún más. Ése era el problema. Si era sincero consigo mismo, Federico tenía que admitir que la oferta se debía en parte a que quería pasar más tiempo con ella y llegar a conocerla mejor. Las preguntas de los periodistas le habían proporcionado la excusa perfecta. Aunque no volviera a tocarla, estar cerca de ella y charlar lo devolvería a la vida.

Y aunque sólo fuera por sus hijos, necesitaba urgentemente sentirse vivo y salir de la pasividad emocional en la que estaba inmerso.

—¿Y...?

La dulce voz de Pia lo sacó de su ensimismamiento. Se encogió de hombros para quitar importancia a sus palabras.

—Y me gustaría que lo pensaras. La próxima vez que Jennifer se duerma, ven a visitar a los niños.

Evitó decir «y a mí» premeditadamente.

—Alteza, señorita Renati. Ya hemos llegado.

A Federico lo sorprendió no haberse dado cuenta de que cruzaban la verja del palacio.

—¿Necesitas ayuda para llegar a los apartamentos de Antonio y Jennifer? —preguntó. No quería separarse de Pia. Ansiaba disculparse por lo que había pasado en el hospital. Al mismo tiempo anhelaba que se repitiera.

—Creo que no. Gracias —Pia se había ruborizado y Federico tuvo la sensación de que también ella pensaba en el beso.

Pia se bajó del coche sin esperar a que le abriera la puerta el chófer y tras volverse y sonreír, subió las escaleras precipitadamente y desapareció.

Federico la siguió lentamente. Nunca se había sentido tan estúpido.

—¡Idiota, idiota, idiota! —farfulló Pia mientras iba hacia las estancias de Jennifer. ¿Qué le había hecho besar a un príncipe y, lo que era aún más grave, mostrar que le agradaba?

Un hombre con dos hijos, cuyos movimientos eran seguidos por gran parte del mundo occidental. Un hombre muy por encima de alguien como ella…, si es que ella hubiera estado interesada en mantener una relación sentimental, que no lo estaba.

¡Pero qué beso!

Se irguió con dignidad al pasar junto al guarda que custodiaba la entrada al pasillo de los apartamentos de Jennifer pero en cuanto dobló la esquina se llevó los dedos a los labios.

La piel cetrina de Federico había resultado tan tibia y suave como se la había imaginado nada más verlo en el aeropuerto. Pero su beso había sacado a la luz una personalidad mucho más apasionada de lo que hubiera esperado del siempre correcto Príncipe Perfecto.

¿Qué más se escondería tras aquella estoica fachada? Desde luego alguien mucho más complejo que el personaje que retrataba la prensa.

Había puesto en su beso cuerpo y alma. Alguien que aún llorara la muerte de su cónyuge no besaría de aquella manera. Sus palabras habían sido reveladoras: había roto el beso porque así lo exigían los dictados de la sociedad, no porque verdaderamente lo deseara.

¿Pero era posible que estuviera tan fascinado por ella como ella por él?

—Ni lo pienses —se dijo entre dientes.

—Me parece muy bien que no lo pienses —replicó Jennifer, sobresaltando a Pia—. Pero has de saber que en este momento te odio con toda mi alma.

Pia se paró en seco a la puerta del dormitorio de Jennifer y miró a su amiga sin comprender qué había podido hacer para molestarla. Al mismo tiempo se amonestó por hablar en voz alta. Al menos no había mencionado el nombre de Federico.

¿Habrían contado en las noticias su visita al hospital o que corrían rumores sobre el embarazo de Jennifer?

Arqueó las cejas con incredulidad.

—¿Me odias?

El rostro de Jennifer se iluminó con una sonrisa.

—Aquí me tienes, como un globo a punto de estallar y tú sales en la televisión y ni siquiera aparentas estar más gorda de lo que estás en realidad. Te odio.

Pia puso los ojos en blanco y rió. Jennifer sólo bromeaba.

—¿Ya lo han emitido?

—Sí —Jennifer apagó la televisión con el mando a distancia—. En las noticias de las cinco.

Pia suspiró.

—Pues deja de odiarme. Te aseguro que no tenía el menor interés en aparecer en la televisión y menos con este aspecto.

Jennifer la miró comprensiva.

—Lo siento, Pia. Es mi culpa. Debería haberte advertido antes de que vinieras que la prensa está pendiente de todo lo que sucede en esta familia. Eso incluye a sus amigos. Te agradezco que intentaras protegerme.

—No tiene importancia —dijo Pia. Y añadió bromeando—: Pero la próxima vez envuelve tú misma tus regalos. No se me da bien esquivar boomerangs.

Jennifer miró la frente de Pia.

—¿Te duele?

—La verdad es que no. Me he dado golpes mucho peores.

—Seguro que los niños están disgustados. Son encantadores.

—Lo sé. Pero… —Pia se sentó al borde de la cama de Jennifer—, por mi culpa han despedido a la niñera y me siento fatal.

«Fatal» no describía bien lo mal que se sentía. La mirada que Federico le había dedicado a la joven antes de indicarle que fuera

79

a hablar con su secretaria había despertado sus peores recuerdos.

A los dieciséis años la habían despedido de su trabajo de cuidadora. Era el único medio que tenía de ganar algo de dinero y de demostrar a su madre que podía ser independiente y responsable. Pero fracasó estrepitosamente. La niña de cinco años a la que cuidaba había salido disparada del columpio porque la había empujado con demasiada fuerza y había sufrido una mala caída sobre la espalda. Los espantosos segundos en que la niña voló por los aires y sus gritos de terror habían quedado grabados en la mente de Pia para siempre. Junto con la expresión de decepción que le había dedicado el padre de la niña, que era idéntica a la de Federico al mirar a la joven niñera.

—Pia —Jennifer la miró con seriedad—. Tú no has tenido la culpa de nada. Era la tercera vez que perdía a los niños. La última vez, Paolo apareció escondido tras unas plantas junto a la entrada de la sala de reuniones en la que tenía lugar un encuentro diplomático internacional. Esa chica no valía para desempeñar su trabajo.

—No debe de ser fácil para los niños —Pia lo sabía por propia experiencia. Había pasado su infancia mudándose de casa en casa, siendo cuidada por las amigas de su madre mientras ésta organizaba fiestas. Saber que ése era su trabajo no había contribuido a mitigar su dolor.

Su mayor deseo durante su infancia había sido tener un lugar propio en el que corretear y jugar. Y que alguien le prestara atención y cuidara de ella.

—Haber perdido a su madre y tener tres niñeras distintas en un solo año —añadió, tratando de no pensar en sí misma— tiene que haber sido espantoso. Necesitan estabilidad.

—Lo sé. Hacemos lo que podemos. Nick e Isabella les leen cuentos cada noche, y antes de tener que guardar reposo, yo les estaba enseñando a jugar a las damas. Stefano los ha apuntado a un curso de esquí en Austria que los tiene muy ilusionados —Jennifer suspiró—. Federico ha tenido mala suerte con las niñeras, pero los chicos saben que su padre los quiere mucho y eso es lo importante.

Pia asintió al tiempo que hacía un gesto con la barbilla hacia la televisión.

—¿Te importa que veamos las noticias de las seis? Quiero comprobar si sueno tan estúpida como me he sentido.

—Adelante.

Pia encendió la televisión. Se sentía aliviada de que toda la familia hubiera asumido cierta responsabilidad en el cuidado de Paolo y Arturo, pero sabía bien que nadie podía sustituir a un padre demasiado ocupado.

—La idea de los periodistas no es nada mala —comentó Jennifer cuando sonaba la sintonía de las noticias.

Pia se sentó en una butaca.

—¿A qué te refieres?

—A lo de que seas la niñera de Arturo y Apolo.

Pia se preguntó si se trataba de una conspiración.

—De paso puedo solicitar el puesto de secretaria del rey Eduardo. ¿O qué te parece de mayordomo de Stefano? Puedo presentarles mi currículum.

—Estoy hablando en serio —dijo Jennifer haciendo ademán de tirarle una almohada—. Cuando te he pedido que empaquetaras el regalo has estado a punto de dar saltos de alegría.

—¿No acabo de decirte que a partir de ahora lo tendrás que hacer tú misma?

Jennifer pasó por alto la interrupción.

—Me refiero a que lo pasarías bien con los chicos. Podríais ir de paseo —se frotó las manos—. ¡Si los llevaras al Palazzo d'Avorio hasta podrías darte un baño en la playa! Sólo la usa la familia real, y estoy seguro de que Federico estaría encantado.

—Ni hablar —dijo Pia, sin apartar la

mirada de la pantalla—. No soy la persona adecuada para cuidar a niños.

—Pues te ocupaste de unos cuantos en el campo de Haffali.

—No es cierto. Casi todos ellos estaban al menos con un padre. Me limité a hacerles globos con los guantes quirúrgicos y a entretenerlos. Ser niñera exige mucha más responsabilidad.

—No veo la diferencia —dijo Jennifer encogiéndose de hombros—. Claro que Arturo y Paolo tienen todo tipo de lujos, mientras los niños del campamento huían de una guerra. Pero ahí acaba la diferencia. Los niños quieren que alguien pase tiempo con ellos. Y yo te he visto trabajar en situaciones de gran tensión y sé lo responsable que eres —Jennifer titubeó antes de añadir—: A no ser que haya alguna otra razón por la que prefieras evitar a los niños. O a Federico.

Pia no apartó la vista de la televisión. Si miraba a su amiga, averiguaría de inmediato que había sucedido algo entre ella y Federico. Jennifer tenía una habilidad especial para leer las emociones en el semblante de la gente, especialmente en el de sus amigos. Era una de las razones por las que Antonio se había enamorado de ella. Y por la que el pueblo de San Rimini la adoraba.

Pero Pia no estaba dispuesta a admitir que

se sentía atraída por Federico o que la tentaba la idea de pasar un par de tardes con los niños. Sus dulces rostros le habían llegado al corazón. Y tal y como Jennifer había dicho, estar con ellos le permitiría disfrutar del aire fresco y hacer algo de ejercicio.

Pero no podía cuidarlos ella sola. Necesitaría a otro adulto. Y eso representaba pasar tiempo junto a Federico.

Aunque tal vez no sería tan mala idea. Le serviría para darse cuenta de que lo que sentía por él no era más que una atracción pasajera.

Se cuadró de hombros y miró a su amiga. Para cuando se fuera a África, habría borrado a Federico de su mente.

—Está bien. Si sirve para que la prensa deje de ocuparse de ti, pasaré unas horas con los chicos.

Jennifer le dedicó una amplia sonrisa.

—Maravilloso.

Capítulo cinco

HE reconsiderado tu oferta.
Federico alzó la vista del *San Rimini Today* y vio a Pia a la entrada del comedor. Su tímida sonrisa le alegró el día.

Se preguntó cuanto tiempo llevaría allí de pie, preguntándose si entrar o no. Aunque el sol no estaba lo bastante alto como para iluminar el interior de la sala, tuvo la impresión de que Pia llevaba bastante tiempo levantada. En contra de su costumbre, tenía el cabello bien peinado y presentaba mucho mejor aspecto que el día anterior, tras la visita al hospital.

Con un gesto señaló unas bandejas con huevos, beicon, tostadas y fruta fresca que había sobre la mesa.

—Por favor, sírvete. Acaban de traerlo y aunque estaba yo solo, la cocinera ha preparado desayuno como para toda la familia.

Pia vaciló, pero finalmente se sentó en una silla frente a Federico.

—Gracias. Estoy tan acostumbrada a comer conservas en los campos de refugiados que se me olvida cómo sabe la comida de verdad hasta que vuelvo a Estados Unidos o vengo a San Rimini —abrió los ojos con glotonería estudiando la oferta—. Creo que esto es lo que más echo de menos mientras estoy fuera. Ni el cine ni la televisión, ni siquiera el aire acondicionado. Echo de menos la comida caliente recién hecha.

Federico dejó escapar una carcajada.

—Como puedes ver, yo tengo más de la que necesito. Admiro tu capacidad de sacrificio.

Pia no dijo nada, pero Federico intuyó que le agradaba el cumplido. La animó a servirse y al ver que llenaba una taza con café y leche desnatada, sin azúcar, no pudo evitar sonreír. Él lo tomaba de la misma manera. ¿Qué otras costumbres compartirían?

Apartó la mirada de sus labios y la posó en la venda.

—¿Qué tal está la herida? Espero que te encuentres mejor.

Pia asintió. Su semblante se relajó con el primer sorbo de café.

—Estoy bien, gracias.

Federico tragó saliva e intentó dominar el nerviosismo que sentía doblando cuidadosamente el periódico sin que Pia viera los titulares. Después lo dejó a un lado. Se preguntaba si aquella visita sorpresa se debía a que Pia había leído los tabloides de la mañana, que incluían una noticia de portada en la que se mencionaban los «extraños» acontecimientos que estaban teniendo lugar en el palacio, y en los que se especulaba sobre el papel que Pia desempeñaba en ellos.

—¿Has dicho que habías reconsiderado mi oferta?

—Me refiero a la de pasar tiempo con los niños —aclaró Pia, mirándolo por encima del borde de la taza—, a jugar con ellos y entretenerlos. Al menos hasta que encuentres a otra niñera. Jennifer me ha sugerido que los lleve al Palazzo d'Avorio y a su playa particular. Aunque puede que no quieran ir conmigo.

Federico sonrió.

—Todo lo contrario. Seguro que les encanta la idea —por puro hábito, hizo ademán de retomar el periódico, pero se paró a tiempo. Era evidente que Pia no se parecía en nada a su primo Angelo, quien habría entrado en la habitación enarbolando como un triunfo un periódico que especulara sobre su vida privada. Puesto que ella ni lo había mencionado, era probable que no lo hubiera leído, así que no tenía sentido incidir en un asunto que sólo podía hacerles recordar a ambos el episodio del día anterior. En lugar de eso, lo mejor que podía hacer era intentar recuperar la mayor normalidad posible en su trato con ella. Respiró profundamente.

— Pia, respecto a ayer...

—No hace falta que digas nada —dijo ella, acompañando sus palabras con un gesto para quitarle importancia.

—Pero es que creo necesario...

—No pudimos evitarlo, pero como no va a volver a pasar, no vale la pena hablar de ello.

Pia se sirvió un par de huevos y una tostada y a continuación le ofreció la bandeja.

—¿Puedo preguntarte qué te ha hecho cambiar de idea? —preguntó Federico, sirviéndose a su vez—. Me refiero a los niños.

Pia se encogió de hombros.

—Estoy aquí para ayudar a Jennifer. Antes de venir, le prometí que haría lo que hiciera falta para mantener a la prensa alejada de ella. Si ocuparme de Arturo y Paolo sirve para que la dejen en paz y al mismo tiempo me permite contribuir a que los niños se entretengan, habré conseguido dos objetivos en uno.

Federico comió para disimular la desilusión que le había causado que no lo mencionara a él como parte del plan. Pia sonrió.

—Además, tus hijos son encantadores.

Federico rió.

—¿Te das cuenta de que son los mismos que ayer te abrieron la cabeza?

—Claro que sí. Pero supongo que no piensan golpearme cada día con un boomerang.

—Espero que no —Federico bebió un trago de café antes de añadir—: Se lo regaló el embajador de Australia la semana pasada y todavía no lo manejan demasiado bien, así que por si acaso ten cuidado.

—La próxima vez me agacharé.

—Eso espero —Federico carraspeó—. Había pensado llevarlos hoy al zoo, pero temo que la prensa nos acose. Por otro lado, parece que va a hacer una tarde lluviosa. Así que si se te ocurre alguna actividad, estaré encantado de que la propongas.

Pia dejó la taza sobre el plato con tal brusquedad que temió haberla roto.

—¿Para hoy?

—A no ser que tengas planes con la princesa Jennifer.

Pia recobró la compostura y sacudió la cabeza.

—Tiene pensado repasar sus fotografías y colocarlas en álbumes. Le he dejado todo preparado, así que no me necesita. Me ha tomado por sorpresa que quisieras que empezara hoy mismo.

Federico frunció el ceño. ¿Qué la haría sentirse tan nerviosa, los niños o él?

—Haz lo que quieras, Pia, pero me encantaría que pudieras acompañarnos.

—¿No tienes ningún compromiso oficial?

—Tras despedir ayer a Mona, reorganicé mi agenda para poder tener tiempo libre durante las dos próximas semanas. Espero que me dé margen para encontrar una nueva niñera.

Pia se irguió en su asiento y alzó la barbilla como si fuera a enfrentarse a una tarea difícil.

—Está bien, pensemos qué hacer.

—¿Estás segura de querer hacerlo? —Federico no quería que se sintiera obligada.

—Claro que sí. ¿Has pensado en algo?

—Puesto que no se pueden hacer actividades al aire libre, podríamos visitar un museo.

—¿No tendrías el mismo problema que en el zoo?

—Puede que sí.

—Jennifer ha mencionado que estaba enseñando a Arturo a jugar a las damas. Podríamos enseñarles algún otro juego. Algo que puedan hacer en un día de lluvia —Pia se revolvió en el asiento—. Yo diría que lo que más les gustaría hacer es pasar tiempo contigo sin hacer nada. Deben de estar hartos de las salidas organizadas.

Federico se quedó mirándola admirado. Acababa de dar en el clavo. Aquél era precisamente el problema que tenía con sus hijos.

Lucrezia siempre les había dado a Arturo y a Paolo mucho tiempo libre para pasear o estar en el cuarto de juegos sin un programa fijo. Pero desde que se había quedado solo con ellos, y en su afán por demostrarles cuánto le importaban, había organizado sistemáticamente actividades que casi siempre tenían lugar en público.

Como no pasaban demasiado tiempo juntos se había creído en el deber de aprovecharlo lo más posible, cuando tal vez lo que ansiaban era estar con él para charlar y jugar a solas.

La suave voz de Pia interrumpió sus cavilaciones.

—Perdona si te he molestado. No tengo por qué opinar respecto a lo que haces con tus hijos. Siento…

—Todo lo contrario —dijo Federico, dirigiéndole una mirada con la que esperaba tranquilizarla—. Creo que estás en lo cierto. Un día sin planes concretos puede resultar muy divertido.

Entró un sirviente para retirarles los platos y reponer la cafetera con café recién hecho. Cuando volvieron a encontrarse a solas, el príncipe se inclinó sobre la mesa.

—¿Qué tipo de actividades no debemos planear? —al ver que Pia reía, continuó—: Puedo aprender muchas cosas, pero me va a costar aprender a no planear.

—Pues yo soy una experta. Cuando trabajábamos en Haffali, Jennifer era la encargada de programar cada día y ocuparse de que el campamento funcionara. Lo único que yo tenía que hacer era asegurarme de que los planes se cumplían.

Federico se apoyó en el respaldo de su asiento.

—Conociendo las fantásticas dotes de organización de tu madre, había supuesto que tú las habrías heredado.

Pia se estremeció y Federico supo de inmediato que había dicho algo inapropiado. ¿Habría criticado Sabrina Renati a su hija por desorganizada?

Pero cuando Pia habló, lo hizo con voz animada.

—¿Conoces a mi madre?

—Por supuesto —dijo él, decidiendo ignorar la incomodidad que creía haberle causado—. ¿Sabías que nuestros padres fueron compañeros de clase? Cuando tu padre murió y tu madre puso en marcha el negocio, mi padre fue de los primeros en encargarle que le organizara una fiesta.

—No lo sabía —Pia jugueteó con su servilleta—. Estoy segura de que le fue de gran ayuda para establecerse. Fue muy generoso por su parte.

—Se lo merecía —replicó Federico con toda sinceridad—. Sabrina es la mejor y más respetada organizadora de fiestas del sur de Europa. Mi padre y Antonio acuden a ella regularmente. De hecho el rey quería que organizara el baile anual para la recogida de fondos para la investigación contra la diabetes.

Pia frunció el ceño.

—¿Va a venir?

—Desgraciadamente, no ha podido ser. Para cuando mi padre habló con ella ya se había comprometido a organizar un festival de tres días para el canciller alemán —Federico dejó escapar una risita—. Mi padre no está acostumbrado a ser rechazado. Fue toda una desilusión para él.

Pia asintió, pero mantuvo la mirada baja y una expresión inescrutable.

—Sabía que no estaba en casa esta semana, pero no tenía ni idea de adónde había ido.

La forma en que habló hizo que Federico se preguntara si el hecho de que Sabrina no estuviera en San Rimini no habría animado a Pia a acudir junto a Jennifer.

Pia alzó la cabeza, pero parecía estar en otra parte.

—Supongo que el rey resolvió el problema contratando a otra persona.

—Así es —convencido de que no era un tema del agrado de Pia, Federico señaló hacia la puerta—. Los niños tenían clase de música esta mañana. ¿Quieres que vayamos a ver si han acabado? —Pia asintió y se separó de la mesa al tiempo que Federico preguntaba—: ¿Qué vamos a hacer?

—¿Se te ha ocurrido preguntárselo a ellos?

Federico arqueó una ceja.

—No. Mis padres nunca me consultaron.

—Quizá así descubras que te gustan sus ideas.

—No estoy seguro de que sea una buena idea —Federico inspeccionó el armario de Arturo buscando su chubasquero amarillo y sacudió la cabeza al ver el desorden general.

A su lado, Pia estaba mirando la talla del impermeable azul que le había dejado su secretaria.

Finalmente Federico vio una mancha amarilla al fondo del armario y tiró de ella.

—No se considera apropiado que un miembro de la familia real salga a la intemperie bajo la lluvia. Además, podrían acatarrarse.

Pia arqueó las cejas con incredulidad al tiempo que se ponía el impermeable y se inclinaba para ayudar a Paolo a ponerse el suyo, de color naranja.

—¿De niño nunca jugaste bajo la lluvia ni saltaste charcos?

—¿No has conocido al rey Eduardo? Claro que no. Jamás lo hubiera consentido —Federico rió animadamente—. Ni siquiera yo lo consentiría.

—¡Papá, has prometido que harías cualquier cosa que Arturo y yo te pidiéramos! —exclamó Paolo, alarmado.

—Claro que vamos a ir, Paolo. ¿Verdad, papá? —Arturo dirigió una mirada implorante a Federico a la vez que se calzaba unas botas de agua amarillas.

Federico le alborotó el cabello.

—¿No te lo he prometido? Pues ya sabes que siempre cumplo mis promesas.

—¡Viva! —gritaron los niños al unísono, al tiempo que salían corriendo del dormitorio.

Al cabo de unos minutos Pia pensó que quizá Federico tenía razón. No temía que se acatarraran, pero sí que se escurrieran en la hierba empapada o que se estropearan sus elegantes conjuntos de lluvia.

En cuanto salieron del palacio, los niños echaron a correr delante de ellos. Arturo saltó el último escalón y se salpicó de agua y barro. Pia miró de reojo a Federico convencida de que se habría enfadado, pero se animó en cuanto vio que se palpaba los bolsillos y farfullaba algo sobre la rabia que le daba no tener una cámara de fotos.

Arturo dio un grito de placer cuando Paolo lo imitó y vio que su padre no los reñía. Los niños se lanzaron agua a puntapiés y extendieron las manos para recoger gotas de lluvia hasta que Federico llegó al pie de la escalera y les mandó seguir adelante hacia un camino de gravilla que separaba el palacio del jardín.

—¿Le enseñamos a la señorita Renati los columpios?

—Sí, corre, ven —gritó Arturo, acelerando y esquivando un charco tras mirar de reojo a su padre. Retó a Paolo a que lo atrapara y tomó un sendero más estrecho que recorría la rosaleda.

—¿Estás dispuesta a correr? —preguntó Federico a Pia, al tiempo que aceleraba el paso.

—No me queda otro remedio —replicó Pia, alcanzándolo. Mientras ella llevaba la ropa adecuada, Federico vestía el traje formal que llevaba en el desayuno, y en lugar de un chubasquero se había puesto una gabardina de doble botonadura, más adecuada para recibir a un presidente de gobierno que para jugar con los niños en el jardín en una tarde lluviosa. Lo miró de reojo y sonrió al ver sus inmaculados zapatos negros. En ese instante, Federico se agachó para tomar a Paolo en brazos.

Pia caminó a su lado mientras Paolo no dejaba de reír haciendo equilibrios sobre la cadera de su padre. Arturo marcaba el paso y los precedía por los serpenteantes senderos que recorrían la rosaleda. Pia ofrecía su rostro a la lluvia, que intensificaba el aroma de la tierra y de las flores.

Finalmente, tras una curva al fondo del jardín donde éste se convertía en un prado de hierba que se extendía hacia el horizonte, descubrió unos columpios que colgaban de las ramas de un frondoso árbol. La zona estaba protegida por altos arbustos que creaban un escondite perfecto, fuera de la vista de las zonas públicas del palacio y de las calles adoquinadas de San Rimini que se divisaban al otro lado de la verja del palacio.

—¡Qué rincón tan maravilloso! —exclamó Pia—. No creía que hubiera un sitio privado en todo el palacio.

—Pues hay unos cuantos —dijo Federico, dejando a Paolo en el suelo y siguiéndolo con la mirada mientras imitaba a su hermano mayor y se subía a uno de los columpios—. Mi madre hizo todo lo que estuvo en su mano para que tuviéramos una infancia relativamente normal. Eso significaba que pudiéramos escaparnos de las cámaras. Por eso eligió este sitio. Antonio y yo hemos pasado aquí muchas horas. Luego fue el turno de Stefano.

—¿Y tu hermana?

Federico se encogió de hombros al tiempo que empujaba el columpio de Paolo.

—Isabella siempre fue un ratón de biblioteca. Prefería leer a jugar en el jardín.

Pia se inclinó para ayudar a Arturo a enrollar las cuerdas de su columpio. Cuando las soltó y comenzó a girar aceleradamente en el sentido contrario, Arturo dejó escapar un grito de placer. Después se echó hacia atrás y contempló el cielo nublado.

Pia le sonrió pero en su interior sintió una profunda melancolía. ¡Qué no hubiera hecho ella de pequeña por tener un lugar propio en el que jugar o una madre que la acompañara a los columpios!

Dio un paso atrás y observó a Arturo mover las piernas atrás y adelante para darse impulso. El columpio subía cada vez más alto y Pia miró de reojo a Federico. Mientras, Paolo pedía a su padre que lo dejara solo, que podía subir tan alto como su hermano.

—La reina debió de ser una madre maravillosa —comentó Pia. Suponía que tener un buen modelo de madre era la mejor forma de aprender a ser un buen padre.

—Así es. Todavía la echo de menos. Estaba en la universidad cuando murió —bajó la voz para que los niños no lo oyeran—. No quiero imaginarme lo que significa perder una madre a la edad de mis hijos. Mi vida hubiera sido muy distinta sin ella.

—Tu padre te hubiera dedicado todo el tiempo que fuera necesario para compensar su ausencia —le aseguró Pia—. Aunque nadie puede sustituir completamente a un padre muerto, estoy segura de que tú se lo hubieras agradecido igual que algún día tus hijos te lo agradecerán a ti.

Federico asintió pero por la expresión de su semblante era evidente que le dolía que sus hijos hubieran perdido a su madre.

Un gritó de Arturo lo distrajo. Antes de que Pia pudiera darse cuenta de qué sucedía, Federico se había separado de ella y, de un salto, fue hacia Arturo.

Espantada, Pia vio que Arturo había decidido saltar del columpio cuando alcanzaba el punto más alto. Pia se quedó paralizada de terror. Federico llegó a tiempo de amortiguar la caída justo antes de que el niño tocara el suelo.

—¡Arturo! —lo reprendió Federico, una vez recuperó el aliento—. ¿Cuántas veces te he dicho que no saltes del columpio cuando vuela tan alto?

Arturo hizo una mueca.

—La última vez sólo tenía cuatro años. Ahora ya tengo cinco y voy a empezar a ir al colegio dentro de dos semanas.

—Me da lo mismo. No se te ocurra volver a saltar si tus pies quedan por encima de mi cabeza. Puedes hacerte daño, sobre todo si saltas sobre hierba mojada.

—¡Yo no he saltado, papá! ¡Mírame! —rió Paolo, elevando cada vez más su columpio, sin preocuparse por el peligro que acababa de correr su hermano.

—Has hecho bien —consiguió decir Pia mientras Federico mantenía su mirada severa sobre Arturo—. Eres muy bueno, Paolo.

El niño se encogió de hombros y le dedicó una amplia sonrisa, evidentemente encantado de no ser él el que se había metido en un lío.

Pero Pia no pudo devolverle la sonrisa. El salto de Arturo, con los brazos extendidos y pataleando en el aire la había retrotraído muchos años atrás, a la tarde del accidente de la niña a la que cuidaba.

Se le formó un nudo en la garganta. A pesar de todo el tiempo que había transcurrido, no lograba sobreponerse a la frustrante sensación de haber sido incapaz de evitarlo.

Federico había reaccionado con los reflejos propios de un padre y su instinto de protección había evitado que Arturo se hiciera daño. En cambio ella se había quedado paralizada, con el corazón latiéndole tan fuerte que pensó que le iba a estallar en el pecho.

Tras mirar a su padre y disculparse con una cara de arrepentimiento que Pia no creyó sincera, Arturo volvió a subirse al columpio.

—¿Estás bien? —preguntó a Federico al ver que no se levantaba.

Él apoyó las manos en la hierba y se impulsó hacia arriba.

—Perfectamente. Sólo estoy irritado porque nunca me escuchan —sacudió la cabeza con pesadumbre, pero para cuando llegó junto a Pia, una sonrisa bailaba en sus labios. Bajó la voz adoptando un tono confidencial—. Sobre todo Arturo. Tengo que vigilarlo todo el rato. Se parece demasiado a mi hermano Stefano. Siempre me está poniendo a prueba y tensando la cuerda para ver cuánto aguanta.

—Si llega a ser mi hijo me hubiera dado un ataque al corazón.

—Uno acaba por acostumbrarse. Los niños son así —Federico dio un paso adelante para ayudar a Paolo a bajarse del columpio y a subir la escalerilla de un pequeño tobogán.

Cuando volvió junto a Pia, comentó:

—También es un encanto. En mi vida todo es predecible menos ellos.

Pia dijo estar de acuerdo pero en su fuero interno no lo estaba. Los niños ya eran bastante impredecibles como para tener que sobrellevar su tendencia a hacer actos temerarios.

Pero su admiración hacia Federico aumentó al saber que apreciaba la naturaleza anárquica de sus hijos. Era evidente que lo había infravalorado al llegar a San Rimini y cuestionar de inmediato el afecto que sentía por su familia. No podía haber estado más equivocada, y había cometido el error de juzgarlo bajo la luz de sus propias inseguridades.

Arturo se tiró cabeza abajo por el tobogán detrás de Paolo. Luego corrió junto a Federico y asió su pierna.

—Papá, ¿podemos jugar al escondite en el jardín?

—Sólo si me prometéis quedaros en la zona permitida —le advirtió Federico—. No vayáis más allá de la fuente. Y tengo que saber dónde estáis en todo momento.

Paolo frunció el ceño.

—¡No podemos jugar al escondite si sabes dónde estamos!

—Sabes a lo que se refiere —Arturo puso los ojos en blanco en un gesto de impaciencia— Sólo podemos jugar en esta zona. Está prohibido abandonarla.

Paolo se animó.

—De acuerdo, papá. ¡A ver si me encuentras!

De inmediato salió corriendo torpemente debido a las botas de agua y a que el chubasquero le llegaba justo debajo de las rodillas y acortaba sus pasos. Cuando llegó junto a un parterre de rosas, giró la cabeza hacia los adultos.

—¿La señorita Renati también puede esconderse?

—Claro —Federico hizo una señal a Pia—. Ve a esconderte.

Pia no estaba segura de si la alegría que sentía se debía a que por fin se alejaban de los columpios y los recuerdos que para ella tenían o a que por fin Paolo, que se había mantenido cohibido desde el incidente del boomerang, perdiera su timidez. El caso fue que, sin titubear, salió corriendo con los chicos.

En cuanto dejaron de estar en el campo visual de Federico, Paolo se detuvo y esperó a Pia.

—Conozco un escondite muy bueno. ¿Quieres esconderte conmigo?

¿Cómo podía resistirse?

—Enséñamelo.

Los marrones ojos de Paolo brillaron con entusiasmo. Tomó la mano de Pia.

—Por aquí —le indicó.

Tomaron un sendero lateral, a través de una pérgola de rosas. En cuanto la cruzaron, Pia comprobó con sorpresa que Paolo tiraba de ella hacia la derecha, sobre un pequeño trozo de hierba que crecía entre la pérgola y un alto seto de boj.

—A papá nunca se le ocurrirá mirar aquí —aseguró.

—Es un escondite perfecto —susurró Pia, secando una gota de lluvia de la nariz de Paolo al tiempo que se agachaban—. Ten cuidado con las espinas.

—Ya. Mira —alargó la mano para enseñársela—. La semana pasada me clavé una. Pero no me dolió.

Paolo se echó hacia delante y asegurándose de que no tocaba las rosas, metió los dedos entre el enrejado de la pérgola para hacer un hueco y poder ver el sendero. Arturo pasó en ese momento y al ver que su hermano menor le había robado la idea, le sacó la lengua y pasó de largo. Paolo dejó escapar una risita. Arturo miró hacia atrás por si oía a su padre y se ocultó al otro lado de la pérgola.

—Mamá descubrió este escondite cuando yo era muy pequeño —susurró Paolo—. La señorita Fennini nunca me encontraba.

Pia sonrió al niño que creía haber dejado de ser pequeño, y se sintió culpable al oír mencionar el nombre de la niñera. Se preguntó si los niños le tendrían afecto y también cuántas veces habría jugado Lucrezia con sus hijos en aquel jardín. Le costaba imaginársela jugando al escondite, y mucho menos, agazapada al lado de la pérgola. Pero quizá, como respecto a tantas otras cosas, estaba equivocada.

La alegraba que los niños recordaran a su madre. Aunque sólo había pasado un año, en la vida de un niño ese tiempo era toda una eternidad.

Al oír pasos por el sendero, sus pensamientos volvieron a Federico. Desde donde se encontraba, podía ver a través de los tallos de las rosas, por un pequeño agujero en el enrejado. Los zapatos y el borde de los pantalones de Federico estaban salpicados de barro. Lo vio pasarse una mano por el cabello mojado y sonrió. Federico necesitaba aún más que sus hijos sentirse libre y disfrutar de la vida.

¿No brillaban sus ojos azules más que nunca?

—Arturo, Paolo, Pia... —gritó el príncipe con una voz cantarina que Pia no hubiera adivinado que fuera capaz de poner dado su tono habitualmente grave y solemne—. ¡Allá voy!

Paolo se apretó contra ella y rió quedamente. Federico esbozó una sonrisa pero siguió adelante, llamando a los niños y actuando como si no hubiera oído. Se adelantó lo bastante como para que no pudieran verlo, pero sí oírlo. Pia lo oyó llamarlos varias veces al tiempo que avanzaba por un sendero circular, fingiéndose cada vez más angustiado por su ineptitud para encontrarlos.

Pia miró a Paolo con una sonrisa. El niño tenía las mejillas encendidas y los ojos brillantes.

—Qué divertido, ¿verdad? —dijo ella.

Paolo asintió.

—¿Vendrás a jugar con nosotros también mañana?

—Ya veremos, cariño.

A parte del suceso con Arturo al saltar del columpio, tal y como había predicho Jennifer Pia lo había pasado maravillosamente. Y tampoco lo sucedido con Arturo había sido tan terrible. Quizá si presenciaba alguna que otra travesura, perdería el miedo a estar con niños.

—¡Ojala puedas! —dijo Paolo con cierta ansiedad—. Mi mamá se ha muerto y quiero tener otra con la que jugar.

Pia fue a contestar pero se dio cuenta de que no sabía qué decir. ¿Cómo responder a una pregunta tan dramática y tan inocente a un tiempo?

—Vamos —Paolo la tomó de la mano y la hizo ponerse en pie. Obviamente sus pensamientos habían saltado de un tema a otro mucho más deprisa que los de ella—. Papá está a punto de volver. Tenemos que escondernos en otro sitio.

—¿Se puede hacer eso?

Paolo se encogió de hombros y sonrió con malicia.

—Arturo siempre lo hace.

Pia sacudió la cabeza y lo siguió por el sendero. Sus pisadas sonaban tan fuerte sobre la gravilla que no le cupo la menor duda de que Federico los oía y se preguntó cuánto tardaría en encontrarlos.

La idea de que la descubriera escondida entre rosales y setos, aun con un niño pegado a su cadera, hizo que se le acelerara el pulso.

Respiró profundamente. ¿Qué le estaba pasando? No tenía sentido que se permitiera tener ningún tipo de pensamiento romántico relacionado con Federico. Debía pensar en él como el padre de Arturo y Paolo. Un hombre cuyos hijos necesitaban estabilidad, no una mujer de paso que mantuviera un tórrido romance con su padre antes de salir huyendo hacia el África subsahariana donde ni siquiera tendría un teléfono para mantenerse en contacto con ellos. El motivo fundamental por el que había decidido pasar la tarde con ellos era dejar de pensar en Federico, no sentirse más y más atraída por él.

Sus pensamientos se vieron interrumpidos cuando Paolo giró bruscamente y se encontraron frente a una enorme fuente. Pia paró en seco y se quedó boquiabierta.

Un zócalo de piedra separaba el agua de la fuente del camino. En el centro había una escultura de una gran flor abriéndose, desde la que caía agua en todas las direcciones. Pequeñas ninfas se cobijaban en las hojas de la flor, esparciendo agua desde unos jarrones. El agua manaba con sonoridad cantarina. En el fondo de la fuente había euros y monedas de San Rimini que representaban los deseos de la familia real, de sus invitados y de los miembros del personal, pues sólo a ellos les estaba permitido el acceso a aquella zona.

—¿Te gusta? —preguntó Paolo.

—Es preciosa —por encima de la lluvia, el ruido del agua cayendo en cascada otorgaba una serenidad al jardín que Pia no hubiera esperado encontrar en ninguna ciudad de la ajetreada Europa. Contempló los chorros de agua caer en parábola durante unos instantes antes de añadir—: ¿No ha dicho tu padre que no debíamos ir más allá de la fuente? ¿Por qué no volvemos y...?

¿Dónde estaba Paolo?

Pia miró hacia el sendero por el que habían llegado, preguntándose cómo podía haberse alejado sin que ella lo oyera.

De pronto oyó un chapoteo. Cuando se volvió y vio a Paolo se quedó paralizada.

—¡Paolo! ¡Paolo!

El pequeño flotaba boca abajo en el agua. El chubasquero se extendía a lo largo de su cuerpo. No movía ni los brazos ni las piernas.

Capítulo seis

PIA saltó al agua y braceó hacia el cuerpo inerte de Paolo. El corazón le latía con tal fuerza que parecía a punto de salírsele por la boca.

«Por favor, por favor, por favor, que no esté muerto».

Se lanzó hacia delante aterrorizada, aunque al mismo tiempo se decía que era imposible que se hubiera ahogado en tan poco tiempo. En cuanto tiró de una esquina de su chubasquero, Paolo se incorporó de un salto riendo y escupiendo agua. Pia gritó con una mezcla de susto y de alivio.

—¡Te he engañado! —el rostro del niño se iluminó con una pícara sonrisa de entusiasmo infantil.

Pia cerró los ojos para recuperar la calma.

—Paolo, me has dado un susto de muerte. Por favor, no lo hagas nunca más.

—¡Qué divertido! ¡Te he hecho creer que me ahogaba!

—¡Paolo! —la voz de Federico resonó a su espalda. Había adoptado el tono de un príncipe acostumbrado a ser obedecido—.

¡Sal del agua ahora mismo!

Paolo se tensó. Evidentemente, no había contado con que su padre presenciara su fingido ahogo. Tras dirigir a Pia una mirada suplicante, salió de la fuente y fue hacia su padre con el rostro encendido.

La severidad del semblante de Federico no dejaba duda sobre la gravedad del comportamiento de Paolo.

—No se te ocurra volver a meterte en la fuente. Nunca.

—Sólo quería asustar a la señorita Renati —dijo con voz trémula, haciendo un gran esfuerzo por contener las lágrimas—. Era una broma.

—Jugar en la fuente no es un juego, es peligroso —Federico miró hacia Pia—. Además, has asustado a la señorita Renati y no tiene ninguna gracia.

Paolo dio un respingo al tiempo que se retiraba el mojado cabello de la cara.

—Siento haber sido malo, papá. Prometo no volver a hacerlo.

—Muy bien —Federico alargó la mano y le acarició la empapada cabeza—. Si te quedas así de mojado vas a ponerte enfermo. Por hoy ya hemos jugado bastante al aire libre. Vamos a cambiarnos de ropa.

—¿No podemos seguir un rato más?

Federico no tuvo más que arquear las

cejas para silenciar cualquier otra protesta.

—¡Papá! —Pia volvió la cabeza al tiempo que se ponía en pie. Arturo parecía indignado—. ¡No me has encontrado!

—Has debido de ocultarte en un escondite fantástico —dijo Federico—. La próxima vez busca un sitio más fácil. No soy tan bueno como vosotros.

El enfado de Arturo se diluyó en una carcajada. Federico los hizo encaminarse hacia el palacio.

—Es hora de que volvamos a casa. Ya hemos vivido bastantes aventuras por un día.

—¿Podemos ver dibujos animados en la televisión? —preguntó Paolo.

—Eso es para pequeños —protestó Arturo, asiendo la mano de su padre—. Yo quiero ver una película. Esta mañana me has prometido que podría verla.

—Dado que los dos me habéis desobedecido a lo largo de la tarde, hoy no hay televisión. Quizá mañana.

Los niños protestaron entre dientes. Federico dulcificó su mirada al fijarla en Pia mientras le tendía la mano para ayudarla a salir de la fuente. Ella la tomó y saltó al camino de gravilla.

—Lo lamento mucho, Pia. Nunca hubiera imaginado que Paolo… No puedo comprender qué lo ha hecho pensar en una broma de tan mal gusto.

Pia hubiera jurado que la necesidad de llamar la atención, pero prefirió no decirlo.

—No pasa nada. Hacía tiempo que no me metía en una fuente.

Federico frunció el ceño imperceptiblemente, le soltó la mano y le retiró un mechón de cabello del rostro, haciendo que una corriente de deseo le recorriera todo el cuerpo.

—Hoy no era el día más adecuado. El agua de la lluvia ya te había mojado bastante.

—Pero gracias a ella el jardín conservará su verdor. Y ha ahuyentado a la gente, dejándonoslo todo para nosotros.

—Eso es cierto. La verdad es que apenas tengo oportunidad de estar solo. Ya sabes a qué me refiero —sus ojos azules se clavaron en los de Pia y el recuerdo del beso que se habían dado le pasó por la mente como un destello. Acarició con delicadeza la mejilla de Pia. Después dio un paso atrás, como si temiera que estar tan cerca de ella fuera peligroso. A continuación, hizo un gesto con la cabeza hacia los niños, indicando que convenía darles alcance.

Caminaron por el sendero uno al lado del otro, siguiendo a los empapados niños hacia el palacio. Pia intentó no pensar lo maravilloso que sería refugiar su fría mano en la fuerte y cálida mano de Federico, lo maravilloso que sería que la obligara a detenerse bajo la pérgola para besarla apasionadamente.

Se obligó a concentrarse en el sendero, en las rosas, en cualquier cosa que la distrajera de Federico. ¿No había acudido allí aquella tarde para librarse de su encaprichamiento por él?

—Hoy ha sido un día fantástico para mí, a pesar del mal comportamiento de los niños —dijo Federico, mirándola de reojo, cuando se divisaron las puertas del palacio al final del sendero—. Lucrezia y yo casi jugábamos con ellos aquí fuera. Acabo de descubrir que cometíamos un error.

Su comentario sorprendió a Pia.

—Por lo que me ha dicho Paolo, pensaba que Lucrezia solía jugar con ellos. Según dice, ella le enseñó el escondite donde nos hemos ocultado —al recordar parte del episodio, no pudo evitar que sus labios se curvaran en una sonrisa—. Por cierto, has sido muy amable haciendo como que no nos veías.

Federico sonrió a su vez.

—Es parte del juego. Pero no, Lucrezia no solía jugar con ellos en el jardín. No era su... estilo. Le gustaba más leer y pasar tiempo con ellos en el interior.

—Entonces han debido de pasarlo en grande —comentó Pia, intentando disimular su inquietud. Que Paolo mintiera respecto a su madre significaba que no había superado su pérdida. Por eso había sentido la necesidad de asegurarse de que ella volvería al día siguiente a jugar con ellos.

Federico carraspeó.

—¿Has leído alguno de los tabloides de San Rimini?

¿Por qué le haría aquella pregunta?

—Sólo los hojeo ocasionalmente, en la peluquería y sitios así —miró a Federico de soslayo—. ¿Por qué?

—Supongo que sabrás que me llaman el Príncipe Perfecto.

Pia tuvo que contener la risa. Por la expresión de su rostro era evidente que el apelativo no le agradaba. Decidió que la única manera de ayudarlo a relajarse era bromeando.

—Déjame que piense. Sí creo que lo he leído en algún sitio. Aunque, ¿no era refiriéndose a Stefano? —fingió reflexionar antes de sacudir la cabeza—. ¿De verdad crees que pueden referirse a ti como el Príncipe Perfecto?

Miró atentamente el barro que cubría los zapatos y los pantalones de Federico y éste puso expresión lastimera antes de dejar escapar una sonora carcajada, lo bastante alta como para que Arturo y Paolo se volvieran con curiosidad.

Pia adoraba el sonido de su risa. Cada vez

le resultaba más evidente que bajo la formal fachada que mostraba al mundo, ocultaba un fino sentido del humor y un gran corazón.

—Te puedo asegurar que no lo usan para describir a Stefano —dijo Federico sin dejar de reír—. Sólo él cree que es perfecto. Y quizá la princesa Amanda. Pero tienes razón, mi aspecto en este momento tampoco recibiría ese apelativo.

Se quitó una hoja pegada al pantalón con la mirada perdida. Su semblante se tornó serio.

—Odio que me llamen el Príncipe Perfecto.

—¿Por qué? —Pia pensaba que lo era: considerado, honesto, altruista. Sin embargo, se guardó de decirlo. No quería que supiera la intensidad de sus sentimientos hacia él. Busco las palabras con mucho cuidado—. Yo creía que te llamaban así porque te has convertido en el modelo de lo que un príncipe debería ser. Sabes decir las palabras adecuadas, cómo comportarte y jamás has dado motivo de escándalo. Representas a este país a la perfección y estoy convencida de que haces un gran esfuerzo por dejarlo en un buen lugar —le dedicó una sonrisa de complicidad—. Estoy segura de que has conseguido irritar a los periodistas del corazón.

—En eso tienes razón. Pero te aseguro

que estoy muy lejos de ser perfecto. En el pasado yo mismo lo creía. Me enorgullecía de mi comportamiento. Pero ahora sé que no es así. Por ejemplo —lanzó una mirada hacia sus hijos, que bromeaban ya al pie de la escalinata del palacio—, no he sido un buen padre desde que Lucrezia murió. Y ése es el papel más importante que he desempeñar en la vida. Pensaba que hacía lo correcto llevándolos a visitas guiadas. Pero acabo de darme cuenta de que me estaba equivocando. No le estaba poniendo corazón.

Se detuvo bruscamente y Pia, consciente de que quería que escuchara atentamente lo que iba a decir, lo imitó.

—No me había dado cuenta de que necesitaban tiempo para ser niños y jugar. Y sobre todo, para hacerlo con su padre y no con una niñera.

—Ahora lo sabes —Pia se obligó a mantener un tono animado. La solemnidad del príncipe la inquietaba—. Y a partir de ahora pasarás tiempo con ellos incluso cuando tengan niñera —la niñera que llegaría a hacer todas las cosas divertidas que ella hubiera deseado hacer: jugar al escondite, enseñarles trucos de magia, hacer tiendas de campaña con mantas... Ahuyentó aquellos pensamientos—. Ellos lo saben. Por eso hoy han disfrutado tanto.

Federico la desconcertó tomándole la mano. De sus dedos emanaba un intenso calor.

—Pero no habría comprendido nada de esto sin tu ayuda. Gracias.

—No hay de qué. No he hecho nada —dijo ella, con voz quebradiza. Ella había aprendido de una madre ausente que los niños necesitaban amor. Y tiempo. Dado que estaba muy ocupado, quizá Federico no podría dedicar a sus hijos todo el tiempo que ellos necesitaban, pero sabrían que los amaba con todo su corazón. Y cualquier momento que les dedicara tendría un valor muy especial.

Durante una fracción de segundo en la que Federico entrelazó sus dedos con los de ella, Pia deseó poder hacer algo también por ellos. Ser la madre de Paolo hasta que dejara de sufrir, por ejemplo, y no necesitara inventar historias para llamar la atención.

—Claro que has hecho algo —Federico le apretó la mano afectuosamente antes de soltársela y reiniciar el camino—. ¿Sabes, Pia?, algún día serás una esposa y una madre maravillosa. Espero que tu marido y tus hijos sepan que son muy afortunados.

Pia forzó una sonrisa de agradecimiento, pero Federico ya se había adelantado para tomar a sus hijos en brazos y entrar con ellos en el palacio. Sintió un vacío en las entrañas.

¿Cómo podía ser tan estúpida y soñar despierta con el príncipe?

Nunca sería la madre de Arturo y Paolo, tal y como éste le había pedido. Las palabras de Federico, aunque representaran un cumplido, también negaban cualquier futuro entre ellos.

Se amonestó por desear a Federico y se concentró en el sonido de sus propias pisadas sobre la gravilla para no atender a sus sentimientos. ¿No había sido bastante claro Federico diciendo que era demasiado pronto desde la muerte de su mujer? Por más que deseara que no fuera cierto, parecía que lo sentía de verdad. Y después de cómo había reaccionado al saltar Arturo del columpio y al fingir Paolo que se ahogaba...

Se mordió el labio. Aunque una parte de sí misma quisiera ser madre y descubrir la felicidad que Federico sentía cada vez que abrazaba a sus hijos, sabía que jamás tendría hijos propios. Y de lo que estaba completamente segura era de que jamás sería la madre de los dos niños alegres y despiertos que acababan de desaparecer tras la puerta.

Ninguno de los implicados, especialmente los niños, podía correr ese riesgo. Todos acabarían sufriendo.

¿Por qué habría tenido la necesidad de compartir sus pensamientos?

Federico colgó el chubasquero de Arturo con más brusquedad de la necesaria, y después fue al cuarto de baño para buscar una toalla con la que secar el húmedo cabello de los niños. Durante toda su vida había sido instruido con mucha precisión sobre lo que era apropiado o inapropiado decir, o cuándo convenía morderse la lengua en beneficio de su familia o su país.

¿Por qué, entonces, se le había ocurrido decirle a Pia que haría muy feliz al hombre con quien se casara? Era verdad, por supuesto. Su naturalidad, su sentido del humor, eran características que alegrarían la existencia de cualquiera. Pero decirlo así era una forma de rechazarla.

Sabía que lo había hecho para protegerse. Para convencerse a sí mismo de que no había nada entre ellos. Y lo cierto era que sí lo había y que, por más que no pudiera llegar a descubrir hasta dónde los llevaba, no había necesidad de expresarlo de una manera tan ruda.

Además había incluido un comentario sobre ella como madre y el rostro que se le había quedado en aquel momento, antes de que él saliera detrás de los niños y la dejara sola...

Por su nervioso comportamiento durante el desayuno y su cara de horror al ver saltar a Arturo del columpio o a Paolo flotando en la fuente, Federico había deducido que no podía ser madre. Había visto reaccionar de forma similar a algunas de sus amigas, todas con dificultades para engendrar. Tendían a preocuparse en exceso por las caídas y heridas de los niños. Y si Pia no sufría de infertilidad, algo le pasaba con los niños que la alteraba. Necesitaba descubrir de qué se trataba.

«Es evidente que no soy el Príncipe Perfecto», se dijo.

Había hecho daño a Pia de todas las maneras posibles. No era de extrañar que hubiera ido a refugiarse a las estancias de Jennifer en lugar de aceptar su invitación a cenar. La manera en que esquivó su mirada y su actitud física de abatimiento le indicaron que la había herido.

Y se lo había confirmado con sus últimas palabras, al recordarle que tendría que encontrar una niñera y desearle suerte con un énfasis que implicaba una despedida.

—¿Papá, has encontrado una toalla? —Paolo asomó ligeramente la cabeza por la puerta del cuarto de baño.

—Sí —Federico le secó el cabello—. Trae el pijama. Vas a bañarte antes de cenar.

—Hoy me lo he pasado muy bien.

—Me alegro mucho.

—¿Podremos repetirlo pronto?

—Claro.

—¿Y la señorita Renati va a ser mi nueva mamá?

Federico se tensó.

—¿Por qué preguntas eso?

Paolo se encogió de hombros.

—Me gusta. Es muy simpática. Le he dicho que me gustaría que fuera mi nueva mamá.

—¿De verdad? —preguntó Federico horrorizado. Al ver que Paolo asentía, preguntó—: ¿Y qué te ha dicho?

Paolo hizo una mueca.

—No me acuerdo. Hemos ido a la fuente y no la he oído. ¿Puedo ponerme el pijama de ranas?

—Claro.

Paolo sonrió entusiasmado y volvió al dormitorio.

Federico colgó la toalla diciéndose que era una suerte que los niños de tres años tuvieran una memoria tan frágil. Pero en cambio estaba seguro que Pia recordaría perfectamente la pregunta.

En cuanto acabara de bañar a los niños, llamaría a su secretaria para que se pusiera en contacto con la agencia de niñeras, tal y como Pia había sugerido. Pero en cuanto la viera, descubriría sus secretos y se disculparía por sus irreflexivos comentarios.

Tal y como le había dicho a Paolo, repetirían una tarde tan divertida como la que acababan de pasar. Y Pia iría con ellos.

—¡Estás calada! —exclamó Jennifer con los ojos desorbitadamente abiertos.

Pia se quitó la gabardina en el cuarto de baño y la colgó de una percha.

Jennifer la miraba divertida.

—Sé que te lo sugerí yo misma, pero no creo que fuera el día más apropiado para ir a la playa.

—Y no hemos ido. Hemos estado jugando en el jardín. Los niños querían meterse en charcos y salpicar.

Jennifer retiró las cajas de fotografías de encima de la cama y le indicó a Pia que se sentara a su lado.

—Primero he de cambiarme. Por culpa de Paolo estoy empapada.

Jennifer sonrió.

—Ya te dije que lo pasarías bien con los niños. Seguro que ellos lo han pasado genial. A Federico jamás se le hubiera ocurrido esa idea —al ver que Pia sonreía, la miró boquiabierta—. ¿Ha ido con vosotros? ¡Bromeas!

¿Cómo lo has convencido? ¿Se ha tapado todo el rato con un paraguas?

—Ni he tenido que convencerlo ni ha llevado paraguas. Los niños le dijeron que eso era lo que querían hacer.

—No me lo puedo creer —Jennifer se masajeó la parte baja de la espalda—. Ya era hora de que se divirtiera. No lo he visto sonreír desde la muerte de Lucrezia. Ha cambiado tanto que me cuesta creer que sea el mismo hombre que conocí al llegar. Siempre ha sido la epítome de la elegancia y del estilo en público, pero en privado, es ingenioso y encantador. Pero en el último año... —Jennifer se quedó con la mirada perdida antes de encogerse de hombros—. ¿Quién sabe? Tal vez esta salida contigo y los niños bajo la lluvia sea una señal de que va a volver a ser el mismo de antes.

Pia disimuló su desconcierto. Ansiaba preguntarle a Jennifer cosas sobre Federico, pero llamaron a la puerta. Fue a abrir. Se trataba de Sophie, la secretaria de Jennifer y Antonio.

—Alteza —Sophie hizo una pequeña reverencia y le entregó una pila de de cartas a Jennifer antes de volverse hacia Pia—. Su madre acaba de llamar. Está en la línea tres —inclinó la cabeza hacia el vestíbulo—. He transferido la llamada a su dormitorio, pero

124

si prefiere, puedo pasarla aquí.

Pia reprimió el impulso de decir que no contestaría. Ni siquiera Jennifer sabía lo profunda que era la frustración que su madre despertaba en ella y aquél no era el sitio ni el momento adecuados para hablar de ellos.

—No es necesario, Sophie. De todas formas tenía que ir a mi dormitorio para cambiarme de ropa —salió de la habitación de Jennifer y entró en la suya, que estaba al otro lado del vestíbulo.

Puso la mano en el auricular pero vaciló unos segundos antes de levantarlo. ¿Habría visto su madre las noticias o alguien le habría contado que estaba invitada en el palacio de los di Talora?

Respiró profundamente, puso una toalla en una butaca para evitar mojarla, se sentó y levantó el auricular.

—Hola mamá.

—¡Pia, por fin doy contigo! ¿Por qué no me has dicho que estabas en San Rimini? Puedo llegar mañana mismo.

—No hace falta, mamá. Estoy muy ocupada.

—¿Qué está sucediendo? Te he visto en la televisión con el príncipe Federico. Sabía que conocías a la princesa Jennifer pero... ¿Es verdad? —el tono esperanzado de Sabrina hizo que Pia se pusiera en guardia—. ¿Estás saliendo con Federico di Talora?

Pia miró al techo. Como de costumbre, su madre conocía todos los rumores que circulaban por Europa. Y parecía encantada con la posibilidad de que su hija saliera con el hombre más deseado de San Rimini.

—No, mamá. Estoy aquí para visitar a la princesa, y me iré muy pronto a África. Sólo he venido a ver a Jen antes de empezar el nuevo proyecto.

—Ah.

—No suenes tan desilusionada, mamá.

—No es eso, querida —Pia imaginó el rostro de exasperación de su madre—. Sólo quiero lo mejor para ti. Quiero que seas feliz.

—Y lo soy. Adoro mi trabajo.

—Créeme. El trabajo no lo es todo.

Pia estuvo a punto de dejar caer el teléfono.

—¿Lo dice la mujer que ama su trabajo por encima de cualquier cosa? Fíjate en el tiempo y el esfuerzo que le dedicas. No lo harías si no te gustara.

—No he dicho que no me gustara. Pero el tiempo y el esfuerzo que le dedico es el necesario para tener éxito. Y como bien sabes, eso ha supuesto muchos sacrificios —Sabrina respiró hondo—. Ya sé que no he sido una madre perfecta, pero ciertas decisiones en la vida son muy difíciles. Por eso espero que tú encuentres la felicidad —tras una breve pausa, concluyó en tono animado—: Estaré en San Rimini pasado mañana. Si quieres que vaya antes, no tienes más que llamarme.

—Lo haré.

—Tienes mi teléfono móvil. Y, Pia, te quiero.

Pia vaciló antes de responder.

—Gracias por preocuparte por mí, mamá. Hablaremos pronto.

Tras colgar, Pia se quitó la ropa mojada y la dejó en una pila en el suelo del cuarto de baño. Después, se puso una camisa blanca y unos pantalones negros, se peinó y se dejó caer sobre la cama mientras se masajeaba las sienes.

¿Por qué, por qué, por qué la conversación con su madre la había hecho pensar en Federico y su situación? No debía sentir compasión por su madre. Y sin embargo, de pronto se sentía culpable y se preguntaba si no debería esforzarse por comprenderla.

Quizá aquel estado de ánimo había sido causado por su cometario de que no había sido una madre perfecta y de que había tenido que tomar decisiones difíciles.

—Podías haber elegido un trabajo que te permitiera pasar algo de tiempo conmigo —masculló.

Pero era verdad que cuando su madre se había quedado viuda y con una niña pequeña a su cargo tampoco había tenido una gran variedad de opciones. Sabrina procedía de una familia de clase media baja y al casarse había decidido dejar de estudiar. Puesto que se casaba con un aristócrata, sólo necesitaba tener habilidades sociales y en eso era una maestra.

Hasta Pia tenía que admitir que lo único a lo que podía haberse dedicado era a coordinadora y organizadora de fiestas.

De la misma manera que era natural que Pia hubiera optado por dedicar su tiempo a las personas más necesitadas del globo. Quería mejorar las vidas de los pobres, de los enfermos, de los refugiados y de los niños. Daba sentido a su vida. Y la distanciaba del estilo de vida superficial que llevaba su madre. O eso había creído siempre.

Se incorporó y se pasó la mano por el rostro. Al tiempo que se levantaba y colgaba su ropa en una percha sobre la bañera, se dijo que llamaría a Sabrina. Aunque el pasado no pudiera cambiarse, ya eran las dos adultas y podrían intentar ser amigas. O al menos mantener una relación de mutuo respeto.

Tras anotar en su calendario la fecha del retorno de Sabrina y apuntar una posible salida a almorzar con ella, se encaminó hacia la puerta. En aquel momento sus pensamientos habían pasado a ocuparse de un padre con hijos que cada vez le resultaba más atractivo.

Si no hacía algo por evitarlo, iba a acabar por enamorarse de él.

—Ya lo estás —se dijo entre dientes, en tono burlón.

Al menos se había ocupado de decirle que buscara una niñera. Si pasaba otra tarde con él, disfrutando de su compañía y de la de los niños, terminaría por soñar con un futuro feliz a su lado.

Como el que tenían Jennifer y Antonio.

Al pensar en Jennifer recordó que le había parecido que estaba más incómoda que de costumbre y que se masajeaba la espalda mientras charlaban. Abrió la puerta del dormitorio para ir a verla pero se detuvo al oír el teléfono.

Asumiendo que se trataría de su madre, respondió:

—¿Has olvidado algo?

—¿Pia?

Pia reconoció inmediatamente la voz de la directora de la Asociación Mundial contra el SIDA.

—Hola, Ellen. Creía que eras otra persona. ¿Qué sucede?

Después de una breve conversación, Pia

fue a la habitación de Jennifer para compartir las noticias. Aunque no harían demasiado feliz a su amiga, a ella le iban a servir para resolver su problema con Federico.

Después de todo, no tendría ningún sentido pensar en un inalcanzable príncipe a cuatro mil kilómetros de distancia.

Capítulo siete

FEDERICO, Federico, levántate! El eco de aquella voz llegó a Federico como si atravesara una densa niebla. Se giró sobre el costado para ignorarla.

—Déjame en paz —masculló, ansioso por seguir soñando.

Paseaba por el jardín con Pia, quien estaba a punto de decirle que no era necesario que buscara niñera y que ordenara a su secretaria que cancelara las entrevistas que había programado para el día siguiente.

Pero la voz grave y profunda que escuchó se parecía muy poco a la de Pia.

—No pienso dejarte en paz —la voz fue acompañada de una sacudida. Federico entreabrió los ojos y al darse cuenta de que estaba en su cama, se incorporó de un salto.

—¿Padre?

—Lo siento, pero te necesito.

Federico observó que su padre llevaba el traje que se había puesto horas antes para una cena formal que se celebraba en el palacio. Miró el despertador. Sólo eran las once. Los niños debían de haberlo cansado más de lo que había calculado, pues no había oído llegar a su padre. Era excepcional que el rey entrara en su dormitorio. Su discreción, unida a su deseo de facilitar la seguridad de la familia, había contribuido a que ninguno de sus hijos abandonara el palacio.

—¿Qué sucede? ¿Les ha pasado algo a los niños? —Federico descartó la idea al mismo tiempo que formulaba la pregunta. Él hubiera sido el primero en oír cualquier alteración en el dormitorio de Arturo y Paolo. Intentó adivinar qué otro problema podría haber surgido—. ¿Tienes que salir de viaje?

La última vez que el rey Eduardo había salido del país precipitadamente había acudido a la vecina Turquía, tras un devastador terremoto. También se había reunido en diversas ocasiones con líderes mundiales durante la crisis de los Balcanes. Pero en cada una de aquellas ocasiones, Antonio había estado en San Rimini, y el rey le había ido a comunicar su partida a él.

—Los chicos están perfectamente. Tienes que llevar a la princesa Jennifer al hospital. La señorita Renati me ha hecho llamar mientras cenaba. El médico dice que han empezado las contracciones. Es mejor que la llevemos esta misma noche al hospital en lugar de esperar hasta mañana. Vienen cuatro grupos de turistas a visitar el palacio y sería prácticamente imposible evitar que

132

se enteraran. No queremos que la prensa la agobie. Yo me quedaré aquí por si Paolo y Arturo se despiertan.

Federico frunció el ceño, pero se levantó y fue hasta el armario, del que sacó unos pantalones negros.

—¿No prefieres que la lleve el chófer de Antonio?

—Hoy libra y temo poner sobre aviso a los paparazzi si lo hago venir a esta hora de la noche. Será mucho más discreto que la lleves tú en tu coche privado. Te confundirán con los invitados que están a punto de marcharse. La señorita Renati te acompañará y se quedará en el hospital hasta que llegue Antonio.

—¿Está de camino?

—Lo he llamado antes de venir a buscarte. Tiene mi avión, así que llegará en cuestión de horas.

Federico encontró unos calcetines del mismo tono de negro que los pantalones.

—¿Me necesitas aquí o quieres que me quede en el hospital con Jennifer y con Pia?

—Si te necesito te llamaré. Le he pedido a mi secretaria que cancele todas las citas de la mañana y Nick e Isabella han llegado de Nueva York hace un par de horas, así que si crees conveniente permanecer en el hospital, hazlo. Ya nos ocuparemos de los niños.

Me encantará desayunar con ellos y sé que Isabella está deseando darles los regalos que les ha traído de Estados Unidos.

Federico decidió vestirse informalmente para lo que era su estilo habitual y eligió un polo gris. Quería ducharse y afeitarse, pues nunca se presentaba en público sin ofrecer un aspecto inmaculado. Y además, estaba Pia. Aunque sabía que no debía importarle lo que pensara de él, sobre todo en medio de la noche y de camino al hospital en el que Jennifer iba a dar a luz, no podía evitar pensar que sí le importara. El haber soñado con ella y haberse despertado deseándola le había hecho ver que quería de ella mucho más que una simple amistad. Miró de reojo a su padre.

—Supongo que debo partir de inmediato.

—Pia está ayudando a Jennifer a preparar una bolsa, así que puedes darte una ducha rápida. Por lo visto, Jennifer pensaba que quedaban un par de semanas hasta el nacimiento.

—Yo también.

Unos minutos más tarde, Federico conseguía despejarse debajo de la ducha y descubrió que estaba sonriendo. Al día siguiente tendría en brazos a un nuevo bebé, un cuerpecito menudo que le recordaría los emotivos momentos que pasó al nacer sus propios hijos. Parecía que habían pasado siglos desde que Lucrezia y él habían dado la bienvenida al mundo a Arturo y a Paolo.

Tenía que admitir que a pesar de lo difícil que le resultaba compaginar su vida privada y sus deberes públicos, le agradaba saber que habría un nuevo bebé en palacio. Envidiaba a Antonio tanto su nueva paternidad como saber que tenía una amante esposa que lo recibiría en la cama con los brazos abiertos mientras el bebé dormía en la cuna.

Estaba secándose cuando lo asaltó un pensamiento que no había tenido hasta aquel momento. Si el recién nacido resultaba ser un niño, lo desplazaría de la línea sucesoria.

Federico colgó la toalla y dejó escapar una carcajada al darse cuenta de que, por primera vez en su vida, le daba lo mismo esa supuesta pérdida de prestigio. Lo cierto era que la prensa había dejado en paz a los príncipes Andrés y Eduardo de Inglaterra una vez nacieron Guillermo y Harry.

Quizá, al ser sustituido en la sucesión al otro, y con la prensa interesada en los más famosos padres del momento, tendría la oportunidad de dejar de ser el Príncipe Perfecto y podría pasar más tiempo ejerciendo de padre.

El día anterior había descubierto las ventajas de relajarse y disfrutar de la paternidad al margen de lo que la prensa deseara o la etiqueta estableciera. Pia, una mujer sin hijos, se lo había enseñado. Y aquella misma noche iban a ser testigos, juntos, del más increíble milagro de la naturaleza: el nacimiento de un ser humano.

Se preguntó si Pia se emocionaría tanto como él al ver al recién nacido. O si compartir un acontecimiento tan íntimo los uniría más.

Se metió la cartera en el bolsillo y caminó hacia las estancias de Jennifer con paso vivo.

Se quedaría en el hospital mientras Pia permaneciera en él.

Pia cerró la puerta de la habitación del hospital obligándose a respirar hondo, y fue hacia la maquina de bebidas que había junto a la sala de enfermeras. Necesitaba un café doble. A pesar de haberse documentado no estaba preparada para las continuas oleadas de contracciones que sacudían a su amiga. Jennifer las sufría con el mismo coraje con el que se enfrentaba a todo en su vida. Mientras, Pia se irritaba consigo misma por no poder hacer otra cosa que dedicar a su amiga algunas palabras reconfortantes. Había ocultado a Jennifer su frustración, y un café la ayudaría a enterrarla un poco más.

—¿Cómo está la princesa?

Pia se sobresaltó al oír la voz de Federico, tan aterciopelada y cálida como de costumbre a pesar de que sólo eran las siete de la mañana.

—¿Todavía estás aquí?

Federico sonrió. Estaba sentado en una de las sillas que había en la sala de espera, a unos metros de la habitación de Jennifer.

—He hablado con mi padre hace un par de horas. Antonio está a punto de aterrizar y he querido esperar a que llegara —se puso en pie y posó una mano sobre el brazo de Pia—. Te he preguntado por la princesa, pero también debería haberte preguntado cómo te encuentra tú. Tienes mala cara.

—¿Quieres decir que estoy horrorosa?

—¡No! —Federico rió—. Tanto como eso...Además, un príncipe no podría decir nunca algo así.

Pia sonrió.

—¿Me acompañas a la máquina de café? Necesito uno desesperadamente —cuando avanzaban por el pasillo, comentó—: Había estado en contacto con mujeres embarazadas en el pasado, mientras trabajaba en el campo de refugiados, pero es la primera vez que cuido a una personalmente. Además, es distinto porque es mi amiga. Y... —Pia se estremeció. Para ocultar su miedo a Federico, miró un póster con un bebé que adornaba la pared del pasillo—. Odio que Jen sufra y no poder hacer nada al respecto. Supongo que estoy agotada de haber estado en pie toda la noche.

Flexionó los dedos en un gesto nervioso y miró a Federico con expresión preocupada.

—Como contestación a tu pregunta, está todo lo bien que puede estar para ser una madre primeriza. He salido para que el anestesista le pusiera la epidural. En cuanto le haga efecto se encontrará mucho mejor.

Sabía que hablaba precipitadamente a pesar de sus esfuerzos por disimular su nerviosismo. Sin mediar palabra, Federico la estrechó en sus brazos.

—Sé que es emocionante y aterrador a un mismo tiempo —respiró profundamente y añadió—: Asistir al nacimiento de un niño te obliga a reevaluar tus prioridades y a decidir qué es importante y qué no lo es.

Pia sonrió para sí, reconfortada por las tiernas palabras de Federico y preocupada al mismo tiempo por el devastador efecto que tenían sobre ella.

—¿Cómo pueden soportar las mujeres tanto sufrimiento? —masculló contra el pecho de Federico.

—Porque saben que es transitorio —dijo él, riendo.

—Yo no podría. Me basta con ver sufrir a Jennifer.

Federico le acarició la espalda. Su mano la relajó y la tensó a un tiempo.

—A veces creo que ser testigo es peor que sufrirlo uno mismo. Yo asistí a los dos partos de Lucrezia. La primera vez estuve a punto de desmayarme. Una enfermera tuvo que llevarme agua.

Pia echó la cabeza hacia atrás para verle la cara.

—No te creo. ¿Estuviste a punto de desmayarte?

—Es verdad. Hasta me trajeron una palangana —sus mejillas se colorearon. Sonrió con timidez—. Ya te he dicho que no soy el Príncipe Perfecto. De haberlo sido habría permanecido a su lado sin inmutarme, diciéndole lo orgulloso que me sentía. Afortunadamente, el personal del hospital tiene firmado un acuerdo de confidencialidad con mi familia, así que la prensa nunca se enteró de mi indisposición.

—Supongo que las cosas irían mejor con Paolo.

—Sí. Y tú tampoco tendrás ningún problema con Jennifer.

Federico la estrechó contra sí y Pia no pudo evitar darse cuenta de que encajaba en sus brazos a la perfección. De pronto la soltó. La enfermera de Jennifer se aproximaba. Al llegar junto a ellos les dijo que ya podían volver a la habitación.

—¿Quieres que te lleve un café? —preguntó Federico.

—¿Los príncipes hacen cosas así?

—Cuando una mujer ocupa el lugar de su hermano ausente, sí.

Pia sonrió.

—Está bien. Quiero...

—Leche desnatada y nada de azúcar.

Pia lo miró sorprendida. Él sonrió.

—Me fijé ayer en el desayuno. Yo lo tomo de la misma manera.

Sin embargo, diez minutos más tarde, era Antonio el que entrababa en la habitación con un humeante café. Se lo dio a Pia sonriente, antes de fijar una amorosa mirada en su esposa.

—Será mejor que os deje solos —susurró Pia.

Antonio le dio un caluroso apretón en el brazo y asintió.

—No sé cómo agradecerte todo lo que has hecho, Pia.

Jennifer, que estaba tumbada de costado con una evidente incomodidad, farfulló también su agradecimiento. Pia le dedicó unas palabras de ánimo y a continuación salió al pasillo.

—Veo que tienes tu café —dijo Federico, quien tomaba otro mientras caminaba arriba y abajo.

—Sí. Dudo que muchas mujeres hayan tenido a un príncipe por camarero —bromeó Pia al tiempo que respiraba hondo. Con tan sólo mirarla, Federico la tranquilizaba y la inquietaba a un tiempo.

Él se paró e inclinó la cabeza hacia la habitación.

—¿Se sabe cuánto más puede tardar?

—Dos horas. Tal vez tres.

Ambos miraron hacia el gigantesco reloj de pared que en aquel momento marcaba un minuto más.

—Todavía no he comprado nada para el bebé. ¿Quieres que vayamos a la tienda del hospital? Supongo que estará abierta.

Pia asintió. Tomaron un ascensor que se detuvo en el piso siguiente para dejar entrar a una niña de aspecto cansado que estaba en una silla de ruedas. La enfermera que la empujaba vaciló al ver al príncipe, pero él le indicó que entrara al tiempo que sujetaba la puerta abierta.

—¿Eres el príncipe Federico? —preguntó la niña, con ojos de admiración.

Él se inclinó para mirarla de cerca.

—Así es. ¿Cómo te llamas?

—Carlotta.

—¡Qué bonito nombre! —indicó con un gesto de la cabeza la escayola que llevaba la niña—. Veo que te has roto la pierna.

—Me caí ayer de la barra de equilibrio.

Federico le tocó el brazo como si le palpara los músculos.

—Eres una chica fuerte, Carlotta. Seguro que vuelves a hacer gimnasia muy pronto —la enfermera apretó el botón. Una vez se cerraron las puertas, Federico preguntó a la niña—. Me imagino que estás deseando que tus amigas te firmen la escayola, pero ¿me dejas que también la firme yo?

—¿Quieres? ¿De verdad?

—Me encantaría —la enfermera le pasó un bolígrafo que llevaba en el bolsillo y él firmó. La puerta del ascensor se abrió cuando llegaron al piso de la niña—. Espero que te mejores pronto, Carlotta. Y pórtate muy bien con la enfermera.

—¡Claro!

La enfermera dio las gracias al príncipe con una amplia sonrisa y empujó la silla fuera del ascensor. Ella y su paciente se volvieron y saludaron con la mano antes de que las puertas volvieran a cerrarse.

Federico se giró hacia Pia para decirle algo pero se limitó a alargar la mano hacia el borde de su ojo.

—¿Qué es esto?

Pia pestañeó sorprendida al darse cuenta de que Federico acababa de secarle una lágrima. Estuvo a punto de decirle que se le había metido algo en el ojo, pero supo que él sabría que mentía.

—Debes de pensar que soy una pusilánime.

—¿Y por qué iba a pensar eso? —preguntó él con genuino desconcierto.

—Porque no puedo soportar ver sufrir a Jennifer, porque viste cómo reaccioné ayer cuando creí que Paolo se ahogaba... Y ahora me ves llorar por esa niña y lo que le has hecho sentir —Pia se sonrojó—. Te prometo que no suelo emocionarme tan fácilmente.

—Dudo que pudieras trabajar con refugiados o con enfermos de SIDA si no fueras una mujer fuerte.

—Me pasa con los niños. Nunca se me han dado demasiado bien y si se hacen daño, como esa pobre niña...

—¿Me tomas el pelo?

—Claro que no.

—Con Arturo y Paolo has sido maravillosa —el semblante de Federico se dulcificó—. Tanto en el jardín como el día que te golpearon con el boomerang. Muchos adultos habrían reaccionado con severidad pero para ti lo importante fue que no se sintieran culpables. Te diste cuenta de que estaban disgustados y te preocupaste más de consolarlos que de ti misma.

Federico se encogió de hombros al tiempo que salían del ascensor. Luego giraron a la derecha y siguieron las señales hacia la tienda.

—Tienes una habilidad natural con los niños. También con los adultos. La enfermera que ha estado a cargo de Jennifer me ha dicho que estaba reaccionando excelentemente para ser un primer parto gracias a ti. Tengo entendido que le has masajeado la espalda y la has ayudado con la respiración. Creo que te infravaloras.

Hizo una pausa confiando en que Pia lo mirara a los ojos. Cuando lo hizo, se sintió desconcertada por la expresión solemne con la que él la estaba observando.

—¿Federico?

—Quería decirte que ayer cometí un error al hacer aquel comentario cuando volvíamos del jardín.

—¿Qué comentario?

—Que quien te tuviera de madre y de esposa sería muy feliz.

Pia rió y siguió caminando para que Federico no se diera cuenta de cuánto la turbaba la sola mención de las palabras «madre» y «esposa».

—¿Me pides perdón por eso? Lo consideré un halago... ¿O es que no pretendías que lo fuera?

—No —Federico le tocó el hombro para

144

detenerla—. Después de lo que pasó aquí la última vez, lo que realmente estaba pensando era que serías una maravillosa mujer para mí. Y una madre ideal para mis hijos —Pia se contuvo para no dar muestras ni de la sorpresa ni del placer que aquellas palabras le causaban. Él continuó—: Nunca me había sentido tan bien como ayer jugando bajo la lluvia. Y no me refiero sólo a una cuestión de comodidad. Con Lucrezia siempre me sentía cómodo, pero ayer había algo más. Y no he podido dejar de pensar en que tal vez nosotros...

Pia asió la taza de café con fuerza para evitar que sus manos temblaran. Federico di Talora, el hombre más deseado de Europa ¿quería «algo más» de ella? Era imposible. Y una total equivocación. Aun así, quería oírselo decir.

—¿Nosotros...?

—Claro que no me refiero al presente —la voz de Federico se tiñó de emoción y por primera vez desde que Pia lo conocía pareció nervioso—. Fui sincero cuando dije que debía guardar luto por Lucrezia. Era mi mejor amiga. Pero si me caso de nuevo... Espero que sea con una mujer como tú.

Alargó la mano y acarició la de Pia.

—¿Cómo le pide a una mujer un hombre como yo, con dos niños y una intensa vida pública, que pase tiempo con él?

Pia se quedó mirándolo, hipnotizada tanto por sus palabras como por la intensidad de su mirada. No conseguía articular palabra. Federico la sacó de su parálisis quitándole la taza de la mano y tirando de ella en dirección opuesta a la tienda. Sin previo aviso, se metió en un despacho, cerró la puerta y corrió el pestillo.

—Es el despacho de nuestro médico de cabecera —dijo en un susurro—. Tendré que recordarle que lo cierre con llave.

—Creo que ha pasado hace un rato a preguntar por Jennifer —balbuceó Pia.

Las luces fluorescentes del pasillo se filtraban por las puertas de cristal ahumado. Sobre el escritorio se acumulaban carpetas con las fichas de los enfermos. El resto de la habitación estaba ordenado y pulcro. Pia dio un paso atrás. Aunque su cuerpo intuía lo inevitable y lo deseaba, su cerebro todavía se resistía.

—Si no ha cerrado será que piensa volver.

—Dejó la maternidad hace una hora y llevaba en la mano las llaves del coche —musitó Federico al tiempo que obligaba a Pia a mirarlo para poder besarla.

La necesidad y el deseo estallaron dentro de Pia en cuanto los labios de Federico acariciaron los suyos, y se dio cuenta de que era la primera vez que estaban solos. No podían interrumpirlos ni los niños, ni los periodistas, ni el personal del palacio. Las manos de Federico sobre su espalda atrayéndola hacia sí vencieron cualquier atisbo de resistencia en ella y le impidieron decirle que había recibido la llamada que representaba su partida de San Rimini, y que incluso antes, había llegado a la conclusión de que ella no era la mujer adecuada para él.

De la garganta de Federico escapó un gemido que la hizo derretirse.

¿Qué había de malo en un beso? Puesto que estaba segura de que jamás olvidaría a Federico y que, dadas las circunstancias, no cabía la posibilidad de ir más lejos, ¿por qué no llevarse un último recuerdo de él, algo en lo que pensar cuando estuviera trabajando en el desierto, ayudando a una pequeña aldea a abastecerse de agua, o sentada en una cabaña hablando con las mujeres sobre métodos de prevención del SIDA?

Abrió la boca a la lengua de Federico mientras él la empujaba suavemente contra el escritorio. Pia recorrió con sus manos el pecho y los hombros y sintió sus músculos tensos y fibrosos.

—¿Cuándo…?

—A las cinco de la mañana —susurró él,

147

leyéndole el pensamiento—, antes de que los niños se despierten. Es el único rato del día en el que estoy solo.

¿Realmente quería descubrir más cosas sobre Federico? ¿Se arrepentiría de haber tomado la decisión de retornar a África? Daba lo mismo. Tenía la certeza de que debía hacerlo.

Federico se inclinó sobre ella y le mordisqueó los labios. Luego la besó justo debajo de la oreja y desde allí descendió por su garganta, haciéndola enloquecer de deseo. A continuación la alzó del suelo para ayudarla a sentarse sobre el escritorio y ella, sin pensárselo, entrelazó sus piernas alrededor de su cintura al tiempo que se abrazaba a sus hombros. Hubiera hecho cualquier cosa por estar con él, desnudos, en una cama.

Él enredó los dedos en su cabello antes de separarse de ella y mirarla con ojos ardientes de deseo. Volvió a inclinarse para devorar su boca, pero, tras titubear, la besó en la mejilla y le susurró al oído:

—¿Esto significa que vas a considerar la posibilidad de quedarte?

Capítulo ocho

AL ver que Pia tardaba en contestar, Federico se echó atrás y descubrió un brillo de desconfianza en su mirada.

—Por un tiempo —aclaró él—. Y no como niñera de mis hijos. ¿No crees que nos merecemos averiguar en qué acaba esto?

«A no ser que no quieras», estuvo a punto de añadir. ¿Se habría precipitado? ¿Habría actuado incorrectamente?

—No puedo —el semblante de Pia se tornó sombrío e inescrutable—. Pero no es por ti, Federico, sino por mí.

Él dejó caer las manos y forzó una sonrisa que no llegó a reflejarse en sus ojos.

—He visto las suficientes películas como para saber que me estás rechazando educadamente.

—No, no. Mi supervisora me llamó ayer por la noche desde Washington, por eso no puedo quedarme. He de comenzar el nuevo proyecto dentro una semana.

—Si no quisieras ir, retrasarías tu partida.

Pia abrió la boca pero Federico respondió por ella:

—Pero no quieres quedarte. Lo comprendo —se giró hacia la puerta, pero Pia le tocó el brazo y se detuvo.

—Lo siento, Federico. No tienes ni idea de cuánto... —los ojos de Pia se llenaron de lágrimas pero pestañeó para borrarlas—. Quiero intentarlo, te lo juro. Pero a la larga, sería imposible. Si me quedara estaría siendo injusta contigo.

Lucrezia. Debía de tratarse de Lucrezia. Federico sacudió la cabeza antes de volverse y sentarse sobre el escritorio junto a ella. No acostumbraba a comentar su vida personal con nadie. Era reservado por naturaleza y cualquier indiscreción, dada su posición, podía tener consecuencias incalculables. Pero si no intentaba abrirse, quizá nunca encontraría la felicidad que Antonio, Stefano e Isabella habían descubierto.

Al haberse llevado a Lucrecia, el destino, por muy cruel que fuera, le había otorgado una segunda oportunidad y no podía dejarla pasar. ¿Pero cómo explicar todo eso sin resultar insensible?

Sólo le quedaba una opción: ser sincero con Pia, contárselo todo y confiar en su suerte.

—Pia, hay algo que tenemos que aclarar entre nosotros —respiró profundamente antes de continuar—. El día que te recogí en el aeropuerto de San Rimini consentí que creyeras una mentira sobre mí.

Pia frunció el ceño.

—¿Cuál?

—Yo no quería que Antonio y Jennifer se casaran —explicó ante la expresión confusa de Jennifer—. Cuando Antonio me habló por primera vez de ella le dije que debía olvidarla.

Pia lo miró desconcertada. Federico supo que recordaba la conversación y el comentario que había hecho sobre lo que le costaba imaginarse a Antonio y Jennifer a punto de convertirse en padres.

—¿Por qué no?

—Creía que un príncipe debía casarse con alguien de la aristocracia. Alguien que comprendiera nuestro país y nuestras tradiciones, y que supiera que el principal deber de Antonio en la vida es convertirse en rey. Por aquel entonces yo no creía que una mujer sin título nobiliario, y menos una americana cooperante, pudiera llegar a a comprender todo eso. Aun así, admiraba a Jennifer y sabía que Antonio estaba locamente enamorado de ella. Desde el primer momento ella le hizo reconsiderar sus objetivos y sus deseos. Lo trató como a un hombre, no como a un príncipe. Y él la quiso precisamente por eso.

Pia parecía estar digiriendo la información. Primero mantuvo la vista fija en la mandíbula de Federico. Finalmente, alzó la mirada hasta sus ojos, como si quiera evaluar la seriedad con la que estaba contándole todo aquello.

—¿Por qué me hablas de todo esto?

—Porque estaba equivocado. Antonio ha encontrado a la mujer perfecta, a la madre perfecta y a la mujer que se convertirá en una gran reina de San Rimini —Federico tomó aire y miró hacia la puerta. Varios pisos más abajo, Jennifer y Antonio estaban a punto de convertirse en padres. El amor que sentían el uno por el otro crecería al tiempo que aumentaba su familia. Él no había tenido la fortuna de experimentar esa sensación. Nada había cambiado entre Lucrezia y él después del nacimiento de sus hijos.

Volvió a concentrarse en Pia.

—Si me equivoqué respecto a la princesa Jennifer, puede que esté equivocado respecto a otras cosas —alargó la mano para acariciar el hombro de Pia—. Sé que cometí un error al casarme con Lucrezia. Lo supe el día que murió, cuando Stefano estuvo a punto de cancelar su boda con Amanda porque mi padre sugirió que debía aceptar un matrimonio de conveniencia como el mío.

—¿Stefano y Amanda…?

Federico hizo un gesto para quitar importancia al comentario.

—Es una larga historia. Lo que quería decir es que al morir Lucrezia me di cuenta de que le había robado la oportunidad de vivir un verdadero amor. Le dije a Stefano que no cometiera el mismo error —apretó la mano de Pia y añadió—: Pero hasta ayer mismo, al dar el paseo en el jardín y disfrutar de mis hijos, no me di cuenta de que al casarme con Lucrezia también me negué a mí mismo esa oportunidad.

—¿Te casaste con ella pero no estabais enamorados? —preguntó Pia con voz quebradiza.

Federico sacudió la cabeza.

—En cierta manera, sí la amaba. Pero no estaba enamorado de ella. Era mi mejor amiga y nos comprendíamos muy bien. Me casé con ella por el bien de San Rimini. Desde mi infancia me educaron para casarme y tener herederos que perpetuaran nuestro reinado para que el país permaneciera políticamente estable a pesar de los conflictos en los Balcanes y de los gobiernos corruptos de las naciones vecinas.

Al ver la cara de escepticismo de Pia, añadió:

—No me malinterpretes. Nos llevábamos bien y la echo de menos cada día. Pero el nuestro fue un matrimonio sin pasión.

Pia habló con cautela.

—¿Volverías a hacerlo? Tu familia y tus deberes públicos son muy importantes para ti.

Federico se separó del escritorio y se plantó delante de ella para mirarla fijamente. Quería que comprendiera la importancia de lo que iba a decir.

—No. Y no sólo por lo que significó para Lucrezia, si no porque al seguir el dictado de mis deberes olvidé el de mi corazón. Y con ellos perdí la oportunidad de casarme con alguien como tú, que me tratas con respeto y me hablas como a un ser humano y no como a un príncipe. Alguien a quien le gustan mis hijos y que su vez les gusta a ellos. Alguien que cuida de sus amigos y que es capaz de resolver cualquier crisis. Me negué todo eso que Antonio y Jennifer comparten —atrapó la barbilla de Pia entre sus manos—. Pia, estoy convencido de que tú y yo podríamos compartir un amor así, un amor apasionado. Pero si te marchas, nunca podremos comprobarlo.

Dejó caer la manos y acarició los dedos de Pia, preguntándose cuántas vidas habrían contribuido a mejorar, a cuantos niños y ancianos habrían conducido hasta un refugio seguro, a cuántos pobres habrían alimentado.

¿Cómo podía haberla considerado desaliñada cuando era el ser más perfecto que había conocido en su vida?

—Tengo la impresión —dijo, mirándola de nuevo a los ojos—, que tu sentido del deber es aún mayor que el mío. Por eso vas a ir a África en lugar de seguir el impulso de tu corazón. Puede que actuando así cometas el mismo error que cometí yo en el pasado.

Para su desconcierto, Pia sacudió la cabeza. Había esperado tener suerte, que dijera algo así como «puede que tengas razón». En lugar de eso, ella esquivó su mirada.

—Creo —susurró— que te llaman Príncipe Perfecto porque ves en otros cualidades que a veces no existen —tocó sus labios con el dedo y luego los de Federico. Sus ojos estaban llenos de dolor—. No soy tan noble, Federico. Me voy a África simplemente porque no soy lo bastante fuerte como para quedarme.

Se separó del escritorio y abrió la puerta.

—¿Por qué no vas a la tienda de regalos y nos encontramos en la habitación de Jennifer? —dijo, volviendo la cabeza—. Querrá que esté cerca cuando llegue el bebé. Luego podremos seguir cada uno nuestro camino y confiar en que, a la larga, sea lo mejor.

Y tras aquellas palabras, camino hacia el ascensor.

Pia se apoyó en la pared del ascensor en cuanto las puertas se cerraron y la ocultaron del mundo exterior. Con la palma de la mano se secó las lágrimas. ¿Por qué tenía que ser Federico tan... perfecto y ella tan...torpe?

Había dejado que la besara porque en el fondo nunca había creído que él se interesara seriamente por ella. Un hombre todavía afectado por la muerte de su esposa la hubiera olvidado en cuanto se marchara a África.

Pero Federico no era un hombre de memoria frágil, sino un hombre descubriendo el amor, tal vez el primer amor. Y por más que la idea la llenaba de felicidad, sabía que si se quedaba, sabiendo como sabía que nunca podría entregarse a él completamente, lo estaría engañando como él sentía que había engañado a Lucrezia. O peor aún.

Pia tragó para tratar de dominar un sollozo que no logró controlar. Jennifer la necesitaba. Antes de encontrarse con ella y con su bebé, tenía que olvidar lo que Federico le había dicho. Lo peor que le podía pasar mientras sostenía una criatura en sus torpes brazos era perder la concentración.

Por muy enamorada que estuviera de Federico, y sabía que lo estaba desde antes de que él la encerrara en el despacho para besarla y contarle la verdad sobre su matrimonio, los fantasmas que la dominaban eran más fuertes que el amor que sentía por él. Y mucho más peligrosos. Si se engañaba a sí misma y a él, y fingía ser todas aquellas cosas que él quería que fuera, sus hijos acabarían sufriendo. Quizá no al día siguiente, ni al otro, pero en algún momento algo malo sucedería. No cabía otra posibilidad.

¿Cómo iba a hacerlos pasar por eso cuando miles de mujeres que serían mucho mejores madres que ella, estarían dispuestas a casarse con Federico en cuanto él se lo pidiera?

Cuando salió del ascensor en la planta de maternidad llegaron hasta ella gritos de alborozo. En unos segundos, al doblar la esquina y acercarse a la sala de espera, descubrió un montón de globos azules atados al mostrador de la sala de enfermeras. Médicos y enfermeras, atraídos por la curiosidad, llenaban el vestíbulo, dándose palmadas en la espalda, abrazándose y cantando.

Jennifer había dado a luz un saludable niño. El futuro rey.

Cuando Pia logró abrirse camino entre el personal y llegó a la puerta de la habitación de Jennifer, una genuina sonrisa iluminó su rostro al ver la escena del interior.

¿Por qué sus fantasmas tenían un aspecto tan dulce e inofensivo?

Federico se quedó parado a la entrada de la habitación de Jennifer al ver que su cuñada finalmente se había adormecido. Junto a ella, en una incómoda butaca, Antonio también daba una cabezada. Federico asomó la cabeza. Confiaba en encontrar a Pia y poder sacarla de la habitación, pero allí no sólo estaba la pareja real.

Se disponía a marcharse cuando un carraspeo de Antonio, que quería llamar su atención sin despertar a Jennifer, lo hizo detenerse.

—¿Todo bien? —articuló Federico con los labios.

Antonio asintió, se irguió e hizo una señal a Federico para que entrara. En un susurró explicó:

—Mi hijo está al otro lado del vestíbulo, en el nido, recibiendo su primer baño.

Federico sonrió al ver lo orgulloso que estaba su hermano mayor.

—Y veo que su madre también está agotada.

Antonio asintió.

—Ha sido un día muy largo para todos. Hace más de una hora que no lo veo. ¿Te importa ir tú?

—Por supuesto. Descansa. Ya tendrás trabajo cuando vuelvas a palacio —señaló con la cabeza hacia el exterior, donde un grupo de periodistas de todo el mundo esperaba poder hablar con él—. No sólo con tu hijo. Los periodistas quieren información sobre las negociaciones en Oriente Próximo.

—Ya lo sé —Antonio respiró profundamente y asintió. Después, apoyó la mano en la cama donde dormía su mujer, y, apoyando la cabeza en el respaldo de la butaca, cerró los ojos para seguir descansando.

Federico salió de la habitación, esforzándose por dominar la oleada de celos que sentía.

No le costaba nada imaginarse una vida parecida con Pia. Tendidos el uno al lado del otro, después de que los niños se durmieran, planeando la aventura del día siguiente, mirándose fijamente a los ojos, dándose las buenas noches. Quería cuidar de Pia como Antonio cuidaba de Jennifer.

Dejó escapar un gruñido de camino a la enfermería. Pia no era sólo físicamente atractiva. Además, era tan inteligente que vivir con ella se convertiría en un reto diario, y era tan buena que quería salvar al mundo entero.

Aunque tras la muerte de Lucrezia se había jurado no volver a casarse, estaba decidido a conseguir a Pia. Tanto, que le daba igual lo que pensara la opinión pública.

Volvió a mascullar algo. Se sentía frustrado. Estaba seguro de que Pia se sentía atraída por él. Ninguna otra mujer lo había besado tan apasionadamente. Pero entonces, ¿qué despertaba en ella tanto temor?

Lo inquietaba la mirada de terror que había visto en su rostro cuando, al volver de la tienda de regalos, habían coincidido unos segundos en la habitación de Jennifer antes de que ella se marchara. Ni siquiera creía que hubiera sostenido al bebé en sus brazos. La sala estaba llena de personal del hospital que entraba y salía. Federico se había sentido desolado al comprobar que Pia ni siquiera podía soportar estar unos minutos en la misma habitación que él.

Se acercó a la sala de enfermeras, donde una de ellas le hizo señas para que entrara en el nido sin hacer ruido. En el preciso instante en el que Federico pensó que quizá Pia estaba allí, la vio inclinada sobre la cuna del bebé.

Estaba de espaldas a él, pero la enfermera, que estaba más acostumbrada a registrar las entradas y salidas de los visitantes, alzó la vista. Para no perturbar a Pia, Federico le hizo una señal con el brazo para que no dijera nada. La enfermera asintió con la cabeza y continuó hablando con Pia.

—Si quiere, puede tomarlo en brazos, señorita Renati. La princesa ha dado permiso.

—Oh, no —susurró Pia, tensándose—.

Parece muy tranquilo y cómodo.

La enfermera le dedicó una cálida sonrisa.

—Así practica para el bautizo. La princesa dice que usted será su madrina. Además, a los bebés les gusta estar en brazos —indicó una mecedora que había en una esquina—. Siéntese ahí y se lo daré.

Pia vaciló. Finalmente se sentó. Seguía de espaldas a Federico.

—No se me dan bien los niños.

La enfermera ajustó la manta alrededor del bebé y, bien envuelto, se lo entregó a Pia.

—No se preocupe, señorita. El niño va a estar muy a gusto.

—Ése no es el problema —Pia miró con aprensión al niño—. El problema soy yo: tiendo a romperlos.

La enfermera se sentó en otra mecedora, enfrente de ella.

—Mientras esté a mi cargo, puede estar tranquila. Se le da muy bien. ¿Ve?, está intentando liberar un brazo para poder asirle el dedo.

Federico siguió observando durante un rato mientras la enfermera hablaba a Pia suavemente. Ésta, poco a poco, se fue relajando hasta apoyarse en el respaldo de la mecedora.

—Los libros sobre el embarazo y el cuidado de los niños hacen que uno crea que es todo muy sencillo —la oyó decir.

—Y los anuncios de productos adelgazantes hacen creer que se pueden perder diez kilos sin pasar hambre —replicó la enfermera—. Como todo en esta visa, hay que practicar. Es lo que usted necesita. Así comprobará que los bebés no se rompen.

Pia respiró profundamente pero no dijo nada.

Sin decir una sola palabra, Federico salió de la sala.

—Alteza, la primera entrevista es en media hora. El bautizo, a las once. Después he programado otras tres entrevistas. ¿Quiere revisar los currículos de las candidatas?

Federico alzó la vista. Tenía el escritorio lleno de correspondencia que debía leer, pero, una vez más, había estado soñando despierto. No podía dejar de pensar en Pia. Unas veces recordaba los besos que se habían dado y otras, la veía rechazándolo y alejándose de él.

Alargó la mano distraídamente y tomó los currículos. Aun cuando las cosas con Pia hubieran salido bien, habría tenido que contratar una niñera. Lo malo era que pensar en qué mujer sería la más adecuada para ocuparse de sus hijos sólo servía para hacerlo pensar una vez más en Pia. Y en el fracaso que representaba en su vida no haber sido capaz de convencerla para que se quedara. Apenas la había visto durante la semana que siguió a la conversación en el hospital, pero sabía por Antonio que partiría aquella misma noche a África, después del bautizo del príncipe Enzo.

—Alteza, ¿quiere que lo ayude?

Federico pestañeó. Una vez más se había quedado con la mirada perdida.

—Lo siento, estoy distraído.

Teodora arqueó una ceja.

—Si lo desea, puedo hacer yo misma una primera selección.

Federico sacudió la cabeza.

—No, ya hemos reducido las opciones considerablemente y prefiero tomar la decisión después de haber pasado el mayor tiempo posible con las candidatas.

Su secretaria asintió y salió hacia su despacho, que estaba situado frente al de Federico. Sin embargo, éste la detuvo.

—Teodora, ¿cuándo se supone que habré acabado las entrevistas?

—Sobre las seis, de manera que le quedará algo de tiempo para pasarlo con sus hijos, si eso es lo que desea. La princesa Isabella se ha ofrecido para ocuparse de ellos durante la tarde.

Federico dio unos golpecitos con un bolígrafo sobre el escritorio. Sabía que sería una descortesía, pero...

—¿Sería posible retrasar las entrevistas hasta mañana? Tengo que hacer algo importante y, por si acaso, necesito tener la tarde libre —tras comunicar el plan a su secretaria, concluyó—: ¿Puede ser?

Teodora lo miró boquiabierta antes de sacudir la cabeza y asentir como si las órdenes que acababa de recibir no tuvieran nada de extraordinario.

—Por supuesto, alteza. Creo que la princesa Jennifer ya ha organizado los grupos, pero...

—Llama a Sophie para que los cambie. Y, por favor, no le diga nada a la señorita Renati. Quiero sorprenderla.

O, para ser más exactos, mantenerla en la ignorancia para no darle la oportunidad de escaparse de él. Antes de que se marchara, tendría que decirle la verdad.

Pia cambió el peso del cuerpo de un pie a otro mientras escuchaba al cura decir a los congregados lo importante que era el nacimiento del príncipe Enzo, tanto para la familia di Talora como para la nación que algún día gobernaría.

Aparte del sonido de las palabras del oficiante, reinaba en la catedral el más absoluto silencio. Hasta las motas de polvo parecían suspendidas en el aire para no perturbar la ceremonia. A pesar de que Enzo era el segundo en la línea sucesoria, tras su padre, Jennifer y Antonio había conseguido mantener alejada a la prensa. Sólo estaban presentes los padrinos y la familia más próxima, lo que otorgaba a la celebración una intimidad de la que la familia real no había disfrutado en muchos años.

Pia no apartaba la mirada del bebé, que estaba plácidamente dormido en brazos de Jennifer, vestido con el mismo faldón de bautizo, de doscientos años de antigüedad, con el que también su padre había sido bautizado. Pia mantenía la vista ocupada para evitar mirar a Federico, que estaba de pie, frente a ella, delante del altar.

Debería haber supuesto que Jennifer y Antonio le pedirían que fuera el padrino de Enzo. Antonio y él mantenían una estrecha relación. Y como resultado, ella y Federico estarían unidos para siempre aunque sólo fuera a través de su ahijado. Afortunadamente, ser padrinos no significaba que tuvieran que pasar tiempo juntos con el bebé.

Respiró profundamente al tiempo que intentaba no pensar en las palabras que Federico le había dirigido aquella mañana al entrar en la catedral. A través de la música del órgano, le había dedicado un cumplido por lo bien que le sentaba el vestido rosa que llevaba y le había dicho que Arturo y Paolo estaban deseando coincidir con ella durante la comida que se celebraría en el palacio después del bautizo.

Además, aproximándose a ella y acariciándole la mejilla con su aliento, había añadido que los chicos la echarían mucho de menos cuando se marchara. Pero por la sensualidad y la dulzura con la que había hablado, era evidente que quería decir que también él la echaría de menos... Y que se sentarían juntos durante la comida.

Se esforzó por borrar de su mente la imagen de Federico en su elegante traje azul marino y elevó la mirada hacia el rosetón que dominaba la nave central de la iglesia. La parte más racional de ella había confiado en que Federico la hubiera olvidado durante la semana que acababa de pasar. Suponía que habría estado muy ocupado y de hecho, lo había visto en dos ocasiones en la televisión. En la primera, Federico inauguraba un edificio histórico recién restaurado que alojaría a la embajada americana. La siguiente, estaba siendo entrevistado y había confirmado que estaba realizando diversas entrevistas con la intención de encontrar una niñera que tuviera una duradera y positiva influencia sobre sus hijos.

También había respondido a una pregunta un tanto indiscreta, diciendo que «sí», la señorita Renati era una amiga de la princesa Jennifer, y que «no», no había «ningún vínculo romántico» entre ellos dos.

Cuando Pia oyó aquello, su parte emocional, aquélla que no quería que Federico la olvidara, que deseaba cobijarse entre sus brazos y sentir sus manos sobre su rostro, había sentido un espantoso vacío existencial.

Cuando el cura tocó la frente del bebé con el agua bendita, Pia sonrió a Enzo, tan pequeño y frágil, y se dijo que había tomado la decisión correcta. A lo largo de la semana anterior, había pasado suficiente tiempo cerca del niño como para sentirse más segura, pero no lo bastante como para creerse capaz de cuidar de él sin contar con la supervisión de Jennifer o de Antonio. A pesar de que estaba deseando contribuir a que Jennifer pudiera descansar durante el día, dudaba que alguna vez llegara a ser capaz de quedarse a solas con un bebé sin verse asaltada por el pánico o por el recuerdo del accidente de su adolescencia.

Aun así, la idea de abandonar San Rimini y a Federico le causaba un profundo dolor. Tanto, que no era capaz de mirarlo a los ojos aunque todo su cuerpo le decía que él no apartaba la mirada de ella.

Cuando volvió a sonar la música del órgano, el rey se acercó al altar para abrazar a su hijo y a su nuera, y confirmar los detalles del traslado al palacio para el almuerzo. Las calles de la ciudad estaban atestadas de público. Cientos de enfervorizados ciudadanos esperaban poder ver al nuevo miembro de la familia di Talora, además de al rey, al príncipe y la princesa, que recorrerían las empedradas calles de San Rimini para saludar a sus súbditos.

Pia se separó de Federico y se situó tras el rey Eduardo. Pero antes de que pudiera meterse en una de las limusinas, el propio rey la retuvo para agradecerle el tiempo que había dedicado a Jennifer durante las últimas semanas de su embarazo. Federico aprovechó la oportunidad para aproximarse a ella y en cuanto su padre terminó de hablarle, la tomó por el codo y la llevó hacia la nave central.

—Ven en mi coche.

Capítulo nueve

PIA lo miró de soslayo.

—Tenía entendido que iba a ir con Stefano y Amanda.

Federico sacudió la cabeza.

—Ha habido un cambio de planes. Mi padre va con Jennifer, Antonio y el bebé en el primer coche. Isabella y Nick irán con Stefano y Amanda. Lo lógico es que tú vayas conmigo.

En aquel mismo instante Pia se dio cuenta de que el propio Federico había decidido aquel cambio de planes. Intentó disimular su confusión y alarma.

—¿No te parece lógico que los dos padrinos compartan el mismo coche? —añadió él.

—¿No temes que la prensa sospeche que pasa algo? —evitó decir «entre nosotros».

—Los chicos irán con nosotros, así que tendremos carabina.

Pia tuvo claro que no tenía escapatoria y se dio por vencida. Stefano, Amanda, Isabella y Nick salían ya por la puerta lateral donde los esperaba su limusina.

—De acuerdo, iré con vosotros —buscó

con la vista a Arturo y a Paolo. Se habían portado tan bien durante la ceremonia que había olvidado que los había visto entrar con el rey en la catedral.

Federico los vio antes que ella. Estaban junto a la puerta, riendo y bromeando. Se habían desabrochado las chaquetas y llevaban las camisas fuera de los pantalones. El príncipe avanzó hacia ellos y Pia lo siguió. Cuando estaban a poca distancia, se dio cuenta de que escondían algo en la mano. Al ver a su padre se sobresaltaron.

—¿Nos vamos ya, papá? —preguntó Arturo, escondiendo la mano tras la espalda.

—Sí. Si me enseñas lo que estás escondiendo.

—Teníamos hambre —explicó Paolo, a pesar de que Arturo le dirigió una mirada amenazadora—, y el cura nos ha dado permiso.

—¿Arturo? —Federico clavó la mirada en su hijo mayor.

Arturo respiró profundamente antes de enseñarle un puñado de caramelos.

—Sé que no nos dejas, papá, pero el cura nos los ha dado y falta mucho para que comamos.

Federico alargó la mano.

—De acuerdo. Podéis tomar uno cada

uno, pero yo guardaré los demás.

Arturo le dio su tesoro a regañadientes.

Federico los ayudó a vestirse antes de salir. Pia tuvo que contenerse para no sonreír a los niños con complicidad. Al ver los caramelos ella misma había sentido hambre. ¿Cómo iban a esperar los pobres niños hasta la hora de comer?

Afortunadamente, el viaje a palacio duraría tan sólo unos minutos y pronto podría tomar algún aperitivo mientras circulaba entre diputados del parlamento y miembros de la aristocracia. El cóctel que precedería a la comida también le serviría de excusa para escaparse de Federico.

Cuando la ayudó a meterse en la limusina antes de deslizarse a su vez en el interior, tuvo que reprimir el impulso de acercarse a él, posar la mano sobre su rodilla y decirle que «sí», que había cometido un error y que estaba deseando quedarse para ver qué pasaba con su relación.

¿Cómo podía ser de carne y hueso un hombre con tanto carisma? El aire de la limusina estaba cargado con su presencia. Por suerte, el almuerzo tendría lugar en el espacioso salón imperial.

—Tengo entendido que partes esta misma noche hacia África —dijo Federico cuando el chófer puso el coche en marcha y se unió al resto de la comitiva.

Pia asintió y también lo hizo Federico, dando permiso a los niños para que se comieran el caramelo. Después bajó el tono de voz.

—Sé que éste no es ni el lugar ni el momento oportuno, pero tengo que hablar contigo antes de que te marches. Te vi el otro día en el nido, con Enzo. Tú no me viste. Sé que debí haberte dicho que estaba allí, pero no quise molestarte —tomó aire y Pia, al darse cuenta de que debía de haberla oído, se volvió para mirarlo de frente. Si había algo que quería ocultar era la intensidad de sus temores, especialmente después de que Federico la hubiera dejado jugar con sus hijos. Pero quizá era mejor así. Federico ya no tendría tanto interés en que se quedara.

—Pia, ¿por qué le dijiste a la enfermera...?

Aunque Pia estaba pendiente de cada palabra de Federico, Paolo, que estaba sentado junto a Arturo, frente a ellos dos, hizo un ruido que llamó su atención.

—Paolo, Paolo, ¿estás bien?

Ante sus atónitos ojos, Paolo se fue poniendo rojo. Primero fueron las mejillas, luego toda la cara hasta la garganta. Intentó escupir y toser, pero no lo consiguió. Con cara de terror miraba a Pia fijamente, suplicándole sin palabras que lo ayudara.

—Se está ahogando —dijo Pia, quitándose el cinturón de seguridad y arrodillándose ante el niño. Lo levantó de su sillita con toda celeridad y lo echó sobre su brazo, inclinándolo hacia delante al tiempo que le palmeaba la espalda. Paolo mantenía el envoltorio de papel en la mano apretada en un puño.

Pia actuó con rapidez. Le aflojó la corbata y le desabrochó la camisa. Después volvió a inclinarlo hacia delante y a darle en la espalda.

Federico se arrodilló a su lado.

—Paolo, Dios mío, Paolo —se adelantó hacia el asiento de los niños para que el chófer lo viera—. Deténganse —ordenó—, y llame a una ambulancia.

—Alteza, si nos detenemos aquí la gente nos asaltará —el chófer señaló con la cabeza la multitud que se agolpaba en las aceras—. Y con las calles cortadas, la ambulancia tardaría en llegar. Yo le recomendaría que adelantáramos al coche de su padre y fuéramos al palacio —sin esperar respuesta, tomó el teléfono móvil que tenía en el salpicadero y dio instrucciones para que el médico los esperara a las puertas del palacio.

Mientras tanto, Pia asió a Paolo por la cintura y lo echó sobre su regazo. El niño no podía respirar. No llegaría con vida al palacio.

—Paolo —le advirtió, esforzándose por mantener un tono de voz sereno y firme a un mismo tiempo—. Voy a colocar mis manos por debajo de tus costillas —entrelazó las manos formando un puño y las colocó debajo del esternón del niño—. Relájate y apóyate en mí.

Paolo no dejaba de revolverse. Su instinto lo llevaba hacia su padre. Arturo, aterrorizado, gritó el nombre de su hermano. Federico, al comprender lo que Pia quería hacer, se arrodilló delante de Paolo y le pidió que atendiera a Pia. Durante unos segundos el niño clavó su mirada en la de su padre y su cuerpo se relajó. Pia lo golpeó con fuerza a la altura del diafragma varias veces consecutivas.

«Vamos, Paolo, vamos». El total silencio en el que se había sumido Paolo y su rostro cada vez más amoratado la llenaron de pánico. Por su mente pasó la imagen de una niña con el cabello al viento volando por los aires…

Rezó en silencio al tiempo que golpeaba a Paolo una cuarta vez, y estuvo a punto de gritar de alegría al ver que el niño escupía un trozo de caramelo que caía sobre los pantalones de su padre antes de deslizarse al suelo de la limusina.

Paolo, respirando a bocanadas, se refugió

en los brazos de Pia y se echó a llorar.

Federico se abrazó a los dos.

—Ya estás bien, Paolo, tranquilo. No llores.

Pia apoyó la cabeza en la de Paolo y respiró hondo. ¿Qué habría hecho si no hubiera escupido el caramelo? ¿Habrían llegado a tiempo al palacio? ¿Cómo habría reaccionado Federico ante tal horror?

—Me has dado un buen susto, Paolo —dijo, besando la cabeza del niño y estrechándolo con fuerza.

—Y a mí —musitó Federico.

—¡Y a mí! —gritó Arturo, abrazándose a los hombros de Federico.

Pia sacudió la cabeza y, a su pesar, se liberó del abrazo del príncipe. Una vez pasado el peligro, recordó que estaba intentado distanciarse de Federico y de su familia.

A pesar de que el chófer iba a toda velocidad por las adoquinadas calles de San Rimini, se sentía feliz sentada sobre el suelo de la limusina mientras Federico y sus hijos la abrazaban. Demasiado feliz. Tenía la sensación de haber encontrado la amorosa familia que siempre había deseado encontrar.

—Será mejor que ocupes tu asiento —dijo a Paolo mientras el coche doblaba otra esquina y los sacudía de un lado a otro—. No queremos tener otro accidente.

Paolo asintió. Seguía aturdido por el susto y, sin decir nada, se sentó en su asiento. Federico se inclinó hacia la mampara divisoria y le dijo al chófer que la crisis había pasado y que podía desacelerar.

Pia estaba abrochando el cinturón de seguridad de Paolo y ayudaba a Arturo a sentarse, cuando sintió la mano de Federico sobre el hombro.

—Mil gracias, Pia. Nunca había atendido a alguien a punto de ahogarse, y menos a mi propio hijo. No sé qué habría hecho sin…

—Lo habrías solucionado tú solo —Pia se reclinó en el asiento y al mirar por la ventanilla la sorprendió descubrir que ya habían llegado al palacio—. Tampoco yo me había encontrado en una situación así. Y eso que he recibido varios cursillos de primeros auxilios. Nunca me hubiera considerado capaz de actuar.

—Pues deberías valorarte más —Federico usó un tono enigmático, y Pia recordó que había oído su conversación con la enfermera. Al mirar a Paolo y ver que se encontraba bien, se dijo que quizá Federico tenía parte de razón, que tal vez no era tan inútil como siempre había temido ser con los niños pequeños.

Al tiempo que el coche se detenía delante de la puerta principal del palacio, se aproximaron los periodistas que había recibido permiso para informar sobre el bautizo. Al unísono, gritaron sus preguntas a través de las ventanillas del coche: ¿por qué se había visto a los ocupantes de la limusina en el coche? ¿Por qué se habían adelantado a los demás? ¿Se trataba de una emergencia?

Federico esperó a que el chófer le abriera la puerta mientras prometía a los periodistas que respondería sus preguntas. Tras salir, tendió la mano a Pia para ayudarla. Ella se la apretó con fuerza como acto reflejo al ser cegada por los flashes de las cámaras.

Después, Federico sacó a los niños y se los entregó a su secretaria y al médico del palacio, quienes se habían abierto paso hasta el coche. Federico le explicó a Teodora al oído lo que había sucedido y le pidió que el médico se asegurara de que estaba bien antes de conducirlos a la recepción.

Una vez se llevaron a los dos niños, Federico acompañó a Pia hacia los primeros peldaños de la escalinata y se dispuso a responder a los periodistas. La escena hizo recordar a Pia la salida del hospital después de que le dieran unos puntos. Y fue consciente de que sus sentimientos hacia Federico, en lugar de desaparecer, se habían complicado mucho más.

—Alteza…

Federico alzó la mano para solicitar el

silencio de los periodistas.

—La respuesta a vuestras preguntas es que hemos pasado un pequeño susto en el coche. Di permiso a Paolo para que se tomara un caramelo y él decidió comprobar qué pasaba si se lo tragaba entero.

Varios de los reporteros sonrieron ante el tono humorístico adoptado por Federico, pero era evidente que esperaban una explicación más detallada. Federico añadió:

—Gracias a la señorita Renati no ha sucedido nada. Tal y como habéis visto, Paolo está bien. Sólo se ha atragantado.

Pia subió un par de escalones de espaldas para huir de la ráfaga de preguntas que lanzaron los periodistas.

—¿Qué ha hecho exactamente la señorita Renati?

—¿Tiene la formación adecuada para tratar a un miembro de la familia real?

—¿Cómo está tan seguro de que el príncipe está bien?

—¿Cuál ha sido la importancia del incidente? ¿Podía el príncipe Paolo respirar?

Federico alzó el volumen para que lo escucharan y les aseguró que el príncipe no había corrido ningún riesgo de importancia. Antes de que pudieran pedirle más detalles, llegó la limusina con el rey Eduardo, los príncipes herederos y el príncipe Enzo, y los

178

reporteros acudieron a robar las primeras fotografías del nuevo miembro de la familia di Talora.

—Sígueme —dijo Federico a Pia. Y ésta obedeció sin vacilar.

En unos segundos cruzaban las puertas del palacio, donde el personal formaba una hilera que impedía el acceso a los periodistas, al tiempo que atendía a los invitados.

De camino al salón imperial, Pia sonrió a Federico.

—Me preguntaba si pensaban retenernos mucho tiempo. Estoy muerta de hambre.

En lugar de responder, Federico le tomó la mano y tiró de ella hacia un rincón en el que había un sofá al pie de una gran cristalera, donde la hizo sentarse.

—¿Federico?

—No vas a escaparte con tanta facilidad. Ni de mí ni de la conversación que iniciamos en el coche.

Pia lanzó una mirada hacia el corredor. Todavía no había entrado ningún otro miembro de la familia real. Suponía que la prensa los retendría un buen rato.

—Escucha, Federico…

—¿Qué es lo que te aterroriza de los niños? ¿Y por qué usas ese miedo como excusa, cuando en el fondo sabes que debemos estar juntos?

Pia carraspeó. Quería levantarse y salir corriendo.

—Para ser alguien que lleva toda su vida manteniendo las formas, hay que reconocer que sabes ser directo cuando quieres.

—Pia...

—De acuerdo, de acuerdo —se mordió el labio y trató de olvidar que su mano seguía en la de él—. No se trata de que los niños me den pánico, sino de que no me considero preparada para cuidar de ellos. No me refiero a Paolo y a Arturo. El problema es con cualquier niño. Por eso no puedo quedarme. No se me puede confiar la seguridad de ningún niño.

—¿Porque eres una persona afectuosa, inteligente y compasiva? ¿Una mujer que sería una gran madre? Te he visto cuidar de Jennifer. Y para estar con ella tuviste que dejar tu trabajo que sé que es lo más importante de tu vida. También te he visto con mis hijos —Federico le apretó la mano al tiempo que con la otra le tomaba la barbilla y la obligaba a mirarlo a los ojos—. Te reto en este mismo momento a que me niegues todo lo que he dicho. Quédate o márchate, pero no uses tus viejos miedos como excusa.

Pia sintió que los ojos se le llenaban de lágrimas. No era tal y como Federico la describía. Sobre todo, no era una buena candidata a ser madre. Lo había pasado bien con Arturo y Paolo, pero no había estado con ellos más que para ocupar unas horas mientras hacía compañía a Jennifer. Y para intentar perder interés por Federico.

Y puesto que había fracasado clamorosamente, que la idea de quedarse le resultaba extremadamente tentadora, y que estaba segura de que ninguna otra mujer la hubiera rechazado, tenía más que nunca la certeza de que sus miedos eran reales y no imaginarios.

Los niños no se merecían tenerla por madre. Tampoco Federico. Él debía encontrar una mujer devota que supiera desenvolverse en el mundo de la aristocracia, como Lucrezia, pero que al mismo tiempo apreciara su fascinante y compleja personalidad. Una mujer que lo amara como él se merecía ser amado.

Federico pensaba que la amaba, pero no era consciente del abismo que había entre la mujer que él creía que era y la que ella sabía ser.

Sacudió la cabeza.

—No es una excusa, Federico. Lo mejor que puedo hacer es irme a África.

—¿Por qué no confías en ti misma? —Federico la miraba fijamente, intentado leer su alma, tiñendo de emoción sus palabras—.

¿Acaso no puedes tener hijos? ¿Es por eso que tienes tanto miedo a...?

—No. Aunque la verdad es que no lo sé. Es algo que no se sabe hasta que te encuentras en la situación.

Federico le masajeó la nunca y habló con ternura.

—Lo siento. Necesitaba preguntártelo. Si es así, ¿qué problema tienes con los niños? Te oí decir que tienes miedo a romperlos. No se cómo puedes pensar en algo así, pero pensé que lo decías completamente en serio.

La miraba con tanto amor y tanta dulzura que Pia decidió ser sincera y confiar en que, comprendiéndola, la dejaría marchar. Quizá le haría entender que no le convenía.

Soltó su mano de la de él.

—Ya te habrás dado cuenta de que no me llevo demasiado bien con mi madre.

Federico la miró sorprendido. Evidentemente no comprendía la conexión.

—Esa impresión me dio el otro día durante el desayuno.

Pia asintió.

—Sé que es una gran persona, o al menos eso creo desde hace un tiempo. Pero cuando era pequeña, apenas pasaba tiempo conmigo. Y es difícil aprender a ser madre si no se tiene un modelo al que imitar —dejó escapar una risa sarcástica—. A los dieciséis años no podía soportarla. En ese tiempo conseguí mi primer trabajo para cuidar de la hija de mis vecinos. Una pequeña de la misma edad que Arturo.

Como si presintiera lo que iba a contar a continuación, Federico se aproximó a ella.

—¿Qué pasó?

—Empujé el columpio con demasiado ímpetu y la niña salió por los aires. Se rompió la clavícula y sufrió una lesión en los riñones por el impacto de la caída —cerró los ojos para tratar de borrar la expresión de susto y dolor de la niña. Cuando los abrió, Federico la miraba angustiado. Añadió—: Fue horroroso. Pero aún peor fue contárselo a su padre. Era un hombre grande y musculoso que siempre había sido amable conmigo. Pero aquel día me insultó y me gritó, diciendo que era su culpa por contratar a una niña a la que su propia madre no quería ni sabía cuidar.

Pia hizo una mueca al ver la expresión de consternación de Federico:

—Lo sé, lo sé. No debería haberle hecho caso. Estaba muy nervioso y hablaba sin pensar. Pero en el fondo, lo creí. Sabía que lo que había dicho de mi madre era verdad y que muchos otros lo pensaban.

—¿Y por culpa de ese hombre crees que no puedes quedarte con Arturo y Paolo? ¿De verdad piensas que les harías daño?

Pia se pasó la mano por los ojos para contener las lágrimas.

—A propósito no, pero estoy llena de dudas, y tú me importas tanto, Federico... Creo que estoy enamorada de ti —se mordió el labio inferior, arrepintiéndose al instante de haber dejado que las palabras escaparan de su boca—. Por eso no quiero que tus hijos corran ningún riesgo y además, sé que ahí fuera hay miles de mujeres bellas e inteligentes que matarían por estar contigo.

Federico dejó escapar una carcajada contenida que la desconcertó.

—Pia —le tomó las manos y sacudió la cabeza—, si lo piensas, tenemos muchas cosas en común. Después de mi experiencia con Lucrezia, dejé de confiar en mí mismo y tuve la certeza de que nunca me enamoraría, o que confundiría la comodidad con el amor, o que quizá era incapaz de amar. Igual que tú, una experiencia negativa me hizo cuestionármelo todo.

—Tal y como lo cuentas, resultamos los dos un tanto patéticos —Pia le devolvió la sonrisa—. ¿Aun así crees que haríamos un buen equipo?

—Después de todo, los dos estamos luchando para superar nuestras incertidumbres. Contigo me siento capaz de sentir emociones intensas, y me has enseñado a ser mejor padre. Y tú estás aprendiendo que puedes cuidar de los niños sin que les pase nada terrible.

Pia rió con sarcasmo.

—¿Y lo que acaba de sucederle a Paolo?

—No ha sido grave gracias a ti. Y en cualquier caso, yo sería el único culpable de lo sucedido, por darle permiso para comerse el caramelo y no darme cuenta con suficiente presteza de lo que ocurría.

—Eso es lo de menos. Los niños son completamente impredecibles y nunca se sabe cuándo van a sufrir un accidente. Además, aunque en el coche he reaccionado a tiempo, recuerda lo que sucedió cuando Paolo fingió ahogarse en la fuente: me dio un ataque de pánico. ¿Y cuando Arturo saltó del trampolín? Ni siquiera fui capaz de moverme. Estaba paralizada de terror.

Un murmullo de voces llegó desde la entrada del palacio. Se volvieron y pudieron ver al rey Eduardo con algunos de los invitados.

—Escucha —continuó Pia—, no podemos seguir hablando de esto. Es evidente que puedes conseguir a alguien mucho mejor que a una simple rubia que sufre ataques de pánico cada vez que un niño hace cosas típicas de niños. Te quiero lo bastante como para desear lo mejor para ti y para tus hijos.

Federico frunció el ceño y sacudió la cabeza.

—*Tú* eres lo mejor para mí, ¿no lo entiendes? Eres mucho más fuerte de lo que crees. Es lógico que el salto de Arturo te asustara, pero como no corría verdadero peligro, no reaccionaste. Sin embargo, cuando Paolo hizo la broma de la fuente *sí* reaccionaste, incluso sabiendo que era imposible que se hubiera ahogado. Yo mismo te vi tirar de él.

—Aun así...

—Aun así la única vez que ha sucedido algo verdaderamente grave, has reaccionado como si fueras un médico. Actuaste con calma y salvaste la vida a Paolo.

Federico miró por encima del hombro de Pia. Las voces del rey y de Antonio se oían cada vez más cerca.

Pia se puso en pie.

—Me alegro de que Paolo se encuentre bien y tal vez contribuya a que me sienta menos insegura, pero no puedes pretender que los temores de toda una vida se borren en un solo día.

—Por eso mismo quiero que te quedes —Federico se puso en pie a su vez y obligó a Pia a mirarlo a los ojos. En un susurro añadió, suplicante—: Quédate. Date tiempo para descubrir tus capacidades y para explorar lo que hay entre nosotros.

Pia contuvo la respiración. Estaba segura de que si respiraba el cálido olor que Federico desprendía, perdería el control sobre sí misma.

—¿Y mi trabajo? —dijo con un hilo de voz—. No puedo simplemente desaparecer. Mucha gente depende de mí.

Federico esbozó una sonrisa. Parecía intuir que la pregunta llevaba implícita la posibilidad de vencer la resistencia de Pia.

—Habla con Jennifer de las opciones que se te presentarían. Puede que ya no se dedique al duro trabajo de los campos de refugiados, pero pregúntale si considera importante el trabajo que desarrolla recaudando fondos para distintas causas. Tú podrías hacer lo mismo. La experiencia que has adquirido con el trabajo directo te ayudaría a despertar la conciencia de mucha gente en torno a los problemas que necesitan una solución. Imagínate lo que podrías hacer si contaras con los medios que te ofrecería el palacio para una campaña de concienciación sobre la epidemia del SIDA en África.

Federico suspiró y posó las manos sobre los hombros de Pia.

—Comprendo que quieras llevar a cabo el trabajo al que te comprometiste antes de venir. Pero me da miedo que no vuelvas. Y que en cuanto te alejes, empieces a cuestionarte a ti misma de nuevo y decidas usar tu trabajo como una excusa para huir de tus problemas.

Pia dio un paso atrás desconcertada. ¿Sería verdad que usaba su trabajo como escondite? Tenía que admitir que siempre lo había utilizado para huir de su madre. Al acabar la universidad había aceptado entusiasmada un empleo que le aseguraba permanecer alejada de ella el mayor tiempo posible. Pero ¿habría sido también una excusa para huir de su propia vida? Mientras sus amigos habían formado una familia al acabar la universidad, ella había elegido un camino que dejaba pocas opciones a las relaciones románticas, y, como consecuencia, a los hijos.

Intentó tragar para librarse de la emoción que le agarrotaba la garganta.

—¿Por qué me conoces mejor que yo a mí misma? —jamás hubiera imaginado que el solemne príncipe podría comprenderla tan bien. Pero así era.

Federico trazó la línea de su escote con el dedo y sonrió.

—Porque tenemos mucho en común. Tu trabajo te sirve de escape. Y yo acabo de descubrir, gracias a ti, que he usado el mío de la misma manera.

Al ver que Pia lo miraba desconcertada, continuó:

—En el hospital te dije que nunca había amado a Lucrezia. Cuando me declaré a ella estaba seguro que lo hacía movido por los más elevados motivos: la dignidad de la familia, la discreción... Pero la verdad era que quería salvar mi reputación. Había sido testigo de cómo trataba la prensa a Antonio antes de que se casara con Jennifer, refiriéndose a él como un playboy. Además, sabía que eligiendo a Lucrezia, mi padre quedaría satisfecho. Después de todo era hermosa, inteligente y pertenecía a una buena familia.

—¿Pero...?

—Nos llevábamos bien y yo decidí que eso era el amor. Pero estaba equivocado. Usé mi posición para justificar mi decisión pero en el fondo sé que me casé con Lucrezia para evitar que mi vida amorosa se convirtiera en material de los tabloides. Preferí renunciar al amor antes que enturbiar mi reputación.

Federico sacudió la cabeza y Pia vio que sus ojos se llenaban de emoción.

—Tuve que perder a Lucrezia y conocerte a ti para descubrir lo maravilloso que puede ser el amor. Ahora que lo he descubierto no quiero perderlo. No quiero que te vayas.

—¿Aun cuando signifique sacrificar tu reputación? Tú mismo dijiste que querías honrar la memoria de Lucrezia. Si me quedo, y por muy despacio que vayamos, sabes lo que dirá la prensa y la gente de San Rimini.

—¿Y si te dijera que estoy dispuesto a correr el riesgo?

Pia dejó escapar una carcajada.

—No deberías.

—Sí debería. Y pienso hacerlo. Por favor, accede a quedarte.

En aquel instante, el rey y la comitiva doblaron la esquina hacia el salón imperial, rodeados de reporteros gráficos y cámaras de televisión que preparaban los reportajes para las noticias de la noche. Apenas tardaron unos segundos en ver a Pia y a Federico, de pie uno frente al otro. De inmediato, las cámaras se volvieron hacia ellos con la esperanza de captar una exclusiva.

Pia miró a Federico a los ojos y, como si fuera un buceador a punto de tirarse desde un acantilado, asintió con la cabeza.

El rostro de Federico se iluminó antes de que se inclinara para besarla.

Los periodistas los rodearon y Pia rió contra los labios de Federico. Sí, debía darse aquella oportunidad.

—Dudo que sigan llamándome Príncipe Perfecto —le susurró Federico al oído.

—Te equivocas —replicó ella, besándolo—. Eres mi Príncipe Perfecto. Y pienso recordártelo todos los días.

Epílogo

Tres años después

SIGO sin poder distinguir entre una placenta y otra —susurró Pia a Federico para evitar que Arturo y Paolo la oyeran. Estaba detrás de ellos, ayudándolos con los deberes del colegio.

—No creo que tenga la menor importancia —dijo Federico, acariciándole la espalda antes de inclinarse para besarle la cabeza—. Y si la tiene, lo aprenderemos juntos.

—Mamá, siempre me dices que cuchichear no es de buena educación —dijo Paolo, frunciendo el ceño.

—Tienes razón, estoy dándoos un mal ejemplo —replicó Pia. Y guiñó el ojo al niño que cada vez le recordaba más a Arturo tal y como era el día que los conoció a ambos. Paolo se había convertido en un niño avispado y muy seguro de sí mismo.

Y ella estaba encantada de que los dos niños hubieran empezado a llamarla «mamá».

—Tu madre te está dando un magnífico ejemplo —dijo Federico al tiempo que levantaba el papel que Arturo acababa de terminar para verlo de cerca—. Los niños del hospital de SIDA de Zimbabwe van a ser muy felices cuando reciban tu carta y la de tus compañeros de clase.

—Y mis dibujos —añadió Paolo, sujetando en alto una acuarela que Pia supuso se trataba de un autorretrato—. ¿Podremos ir pronto a visitarlos otra vez?

Pia y Federico intercambiaron una sonrisa de complicidad.

—Quizá mamá no pueda viajar a África durante un tiempo, Paolo —dijo Federico—. Está trabajando en un proyecto personal muy importante.

—¿Qué tipo de proyecto? —Arturo se irguió en su silla y dejó el lápiz sobre la mesa—. ¿Es para niños?

Pia sonrió al recordar el regalo que Federico le había hecho la noche anterior: la última edición de *Guía para inexpertas mamás modernas*.

—En cierta forma sí, pero…

—Pero por ahora es un secreto —concluyó Federico—. Os hablaremos del proyecto de mamá más adelante. Por el momento, recoged. Vuestra nueva niñera va a venir en cualquier momento para llevaros al cine.

—¿Por fin has encontrado una niñera, papá? —preguntó Paolo—. Mamá dijo que era un misión imposible.

—Y no mentía —admitió Pia—, pero he encontrado a alguien que acaba de jubilarse y que me ha dicho que lleva toda la vida queriendo cuidar a niños. Así que he decidido darle una oportunidad.

El rostro de Arturo se iluminó.

—¿La abuela Sabrina?

Pia sonrió emocionada.

—Si queréis descubrirlo tendréis que daros prisa en recoger.

—¡Es ella! ¡Es ella! —gritaron los niños al unísono, llenos de entusiasmo.

Mientras ordenaban, Federico se inclinó para decirle a Pia al oído:

—En cuanto se vayan celebraremos una fiesta privada.

—Se supone que debemos acudir a la recepción que dan Nick e Isabella para recaudar fondos para el Museo Medieval de San Rimini.

—Me temo que vamos a llegar tarde —Federico sonrió insinuante.

—No podemos... ya sabes... ahora que estoy...

—Puede ser divertido.

Pia arqueó una ceja antes de rodear la mesa para ayudar a los niños a terminar de recoger.

—De acuerdo, alteza. Supongo que no tengo alternativa.

—Ten por seguro que no —dijo él, inclinándose sobre la mesa para tomarle la mano
y pasar el dedo por la alianza de oro de su
anular—. Ya no puedes huir.